刀語

カタナガタリ

西尾維新

第八話 双刀・鎚

BOOK & BOX ORIGINAL DESIGN by VEIA

刀語

カタナガタリ

第六話

雙刀・鎚

插畫：竹
書法：平田弘史

序章

■

■

專事暗殺的忍者真庭忍軍在背叛奇策士咎女與尾張幕府之後，便離開了原本的根據地。尾張幕府傾力搜索他們的下落，卻只找出了另一名叛徒鑢白兵的行蹤，真庭忍軍依舊蹤跡杳然。

真庭忍軍避過幕府的耳目，建立了新真庭里；此時他們正在新真庭里中央的幽林之內密談。

「——便是這麼回事。」

時值夜半，四周並無燈火，一團漆黑，卻無人以此為苦。此亦當然，因為在場的全是以黑暗為家的忍者，無一例外。

真庭忍軍十二首領大會師。

說歸說，十二首領並未到齊。到場的只有六人，卻已是真庭忍軍此時的首領總數。這半年來，真庭忍軍十二首領已去了一半。

不過半年而已。

「話說回來……」

一名目光冷峻的長髮男子說道。瞧他站在上首，可知地位應是居六人之首。

真庭忍軍十二首領之一——「神禽鳳凰」，真庭鳳凰。

根據奇策士咎女所言，他便是真庭忍軍實質上的頭兒——不過他本人卻認為自己只是運氣不好，才接了這個燙手山芋。他上個月到薩摩與咎女結盟，現在正對其餘五人宣布此事。

「萬萬想不到蟲組三人居然全軍覆沒。此事雖然尚未確定，但他們沒來赴這回的臨時召集，只怕真是凶多吉少了。鴛鴦，汝未曾耳聞任何消息嗎？」

「……很遺憾，沒有。」

答話的是一名年輕女子。

她與其他首領一樣身著無袖忍裝，鎖鍊纏繞全身，但渾身上下卻散發著這身裝扮難以掩蓋的妖豔之色。

她便是「倒捲鴛鴦」——真庭鴛鴦。

「妾身未曾聽說。」

鴛鴦蹙眉垂眼，緊咬下脣，奮力克制氣惱的表情讓她標緻的容顏產生了截然不同的風貌。

鳳凰心下了然，問道：

「蟲組的蝴蝶與汝交情匪淺吧？」

「…………」

此時默不作聲，便等於承認。

鳳凰與鴛鴦兩人皆屬真庭鳥組，鳳凰要問蟲組的消息卻頭一個便找鴛鴦，可見他早已隱約明白鴛鴦與蝴蝶的關係。見了鴛鴦的神色，鳳凰又說道：

「這回與奇策士結盟，想必非汝所願。」

「不。」

鴛鴦立即抬頭回答。

「妾身和蝴蝶再怎麼不長進，好歹也還是個忍者，不會為了個人恩怨而誤了大事。」

「是啊！」

接下鴛鴦話頭的是站在鴛鴦身旁的「查閱川獺」真庭川獺。川獺口氣雖然吊兒郎當，卻流露著關懷鴛鴦之意。

「要論報仇，我也很想替蝙蝠那個蠢蛋報仇啊！不過小不忍則亂大謀，咱們是忍者，更得忍下來……唉！蝙蝠尚未與我一較高下，居然就這麼死了。他從以前就是這副德行，嘴上說自己闊氣好客，對我這個至交卻是小氣得很……也罷。鳳凰大哥，你和奇策士那娘兒們結盟時，也見到了虛刀流掌門吧？他是個什麼樣的人物？」

「吾並未與他交手，難下斷論；不過光就印象而言……還是暫且避之為宜。」

「連你這麼厲害的忍者都這麼說？」

「聽說他們結盟之後，又贏了校倉必……依吾之見，若是與虛刀流掌門對上，免不了一場苦戰。他的武功日益精進……或該說是日益鋒利。」

「刀……」

插話的是真庭魚組之一——「長壽海龜」真庭海龜。海龜的聲音沉穩渾厚，眾人的視線不由自主地投向唯一盤坐在地的他。

「虛刀流即是一把刀，更何況現任掌門是大亂英雄鑢六枝在無人島上精心淬鍊的刀，自然是鋒利無比。」

「海龜前輩，莫非汝識得虛刀流？」

「不錯。」

海龜說道：

「蝴蝶他們應該也識得。」

提及真庭蝴蝶，鴛鴦的下唇咬得更緊了，幾乎要滲出血來。然而海龜與鳳凰、川獺不同，並不理會鴛鴦。

「在座諸位之中，唯有老夫與鳳凰能正面與虛刀流為敵……前提是虛刀流能發揮實力。」

「這話是什麼意思？」

川獺厲聲問道。海龜方才那句話，等於是說川獺武功低微，派不上用場；但他倒非為了此事不快，只是他們倆一個是川一個是海，天生不合罷了。

「刀的實力受用刀之人左右。咱們現在要蒐集的四季崎記紀完成形變體刀，有能輔佐其主奪得天下之譽……不過刀的主人本身武功越高，自然是越好。所謂寶刀擇名主而事，奇策士那個黃毛丫頭配拿虛刀流這把刀嗎？」

「吾等真庭忍軍亦曾被奇策士玩弄於股掌之上，斷無小覷她的道理。」

鳳凰說道：

「吾以為短時間內還是避免與虛刀流掌門及奇策士碰頭為宜。方才海龜前輩那番話，是抬舉了吾；若是與虛刀流掌門交手，或許連吾也無法全身而退。吾等只須達成目的即可，刀便交給他們去蒐集……目前朝廷亦是暗潮洶湧。」

「朝廷啊？」

川獺一臉厭煩地說道：

「那邊那個娘兒們也和奇策士一樣難纏。尾張幕府究竟養了幾個這種炸藥似的婆娘？」

「應該只有兩個。」

海龜一本正經地說下去。

「若是除了她們倆之外尚有這類危險分子存在，無論有幾把四季崎之刀，幕府都得垮臺。」

「總之咱們與奇策士分路集刀便成了，是不？鳳凰大人，既然首領之間不再比賽集刀，下一步又該如何行動？」

鴛鴦問道，將話題拉了回來。鳳凰頷首，答道：

「吾等須得同心協力。奇策士說她奪得賊刀『鎧』之後便要先回尾張一趟，但這又是她一貫的謊言。他們從薩摩濁音港搭船，前往蝦夷。」

「……蝦、蝦夷？」

一直保持沉默，連大氣都未喘一聲的男子——「增殖企鵝」真庭企鵝猶如喃喃自語一般，以幾不可聞的聲音說道：

「雙、雙雙、雙刀『鎚』……便在蝦夷。」

「汝的消息果然靈通，絲毫不遜於蝙蝠。蝙蝠身亡之後，集刀的成敗便懸於汝與川獺了。」

鳳凰褒勉企鵝，但企鵝並未答話，只是垂下了頭。他並非害臊，反倒像是戰戰兢兢地直打顫。

鳳凰略微思索，說道：

「奇策士確實說過她知悉下落的最後一把刀便是雙刀『鎚』……原來如此，此刀便在蝦夷。吾對奇策士透露的三把刀，分別在死靈山、天童及江戶；看來他們這回是打算由北方南下了。真是個貪得無厭的婆娘，枉費吾特意通風報信，告訴她朝廷的動向——也罷，若是她真如吾的預料行動，反而無趣。」

「那咱們便該找這四把以外的刀？」

「沒錯。剩下三把……只要吾等能奪得其中一把，便有機會成為最後贏家。當然，若能三把皆得，更是再好不過——吾臨時召集各位首領，便是為了此事。各位於這半年來走遍日本各地，總不會一事無成吧？即便沒查出刀的下落，也該掌握了些許線索才是。」

「且……且慢。」

企鵝再度開口。

「且慢……且慢且慢且慢且慢且慢且慢且慢。」

「……何事？企鵝。」

「剛才的話還有下文……關於刀的下落……死靈山……」

「死靈山？」

「鳳凰大人方才提及的死靈山……應、應該已經……沒有刀了。死、死靈山本身便已……」

「…………？」

鳳凰露出狐疑的目光，於是企鵝便期期艾艾地開始說明。企鵝口吃固然是緣於性格，但這回他結結巴巴，卻是因為連他也難以相信自己所言之故。

方才大讚企鵝消息靈通的鳳凰亦是錯愕不已，不禁問道：「此話當真？」

「是、是真的……我、我想尾張幕府不久之後也會收、收到消息。」

「……是嗎？」

鳳凰又問了一次。

「企鵝，汝確定這消息真的無誤？」

企鵝默默地點頭。

「好，既然汝點頭，吾便相信。不過若真有這種怪物，便得交由汝去處理了——狂犬。」

說著，鳳凰將視線移往右側——方才真庭獸組的真庭狂犬便立於右側。

然而真庭狂犬已不在原地，只剩下一片深沉的黑暗。

「……狂犬？」

鳳凰喚道，左顧右盼，尋找狂犬的身影。其餘首領鴛鴦、川獺、海龜及企鵝亦是四下張望，卻不見真庭狂犬的人影。

「川獺……」

鳳凰不再找尋，朝著與狂犬同為獸組的川獺問道。

「狂犬幾時不見的？」

「饒了我吧！現在的狂犬若是使出全力，我根本逮不住啊！鳳凰大哥提到蝦夷的時候，人應該還在。」

「不妙，這麼說來，狂犬是去追趕奇策士了。」

鳳凰叫苦。向來冷靜沉著的他還是頭一次面露憂慮之色。

「狂犬太重情義，不適合當忍者……川獺和鴛鴦都明白小不忍則亂大謀的道理，狂犬卻如此莽撞，這下子同盟豈不是不到一個月便宣告破裂？」

然而，沒有人回應鳳凰之言。包含鳳凰在內的真庭忍軍十二首領都明白——

真庭忍軍十二首領之一真庭狂犬一旦開始行動，便無人能阻擋。

■ ■

真庭忍軍十二首領終於齊聚一堂！

真庭獸組——真庭蝙蝠、真庭川獺、真庭狂犬！
真庭鳥組——真庭白鷺、真庭鴛鴦、真庭鳳凰！
真庭魚組——真庭食鮫、真庭企鵝、真庭海龜！
真庭蟲組——真庭蜜蜂、真庭蝴蝶、真庭螳螂！
順道一提，真庭忍軍俱是識相之人，沒人會質疑「海龜和企鵝都不是魚，為何屬真庭魚組……？企鵝該歸入真庭鳥組才對吧……？」
說這種話的人可是進不了真庭忍軍的。如此這般——
雙刀「鎚」威風亮相！
人情，忍情，刀光劍影。
刺激，突擊，時代劇。
歪打正著的刀語第六卷，於焉展開！

一章

冰天雪地

■ ■

「嗯……的確是這個方向。可你們真要上踊山？兩個人上山太危險啦！蝦夷被稱為冰天雪地可不是浪得虛名，其中又以踊山最為嚴寒，你們應該也略有耳聞吧？聽我一句勸，你們還是先找個村子，做好準備以後再上山。等入了山才後悔不該來，可就來不及啦！」

「呵……」

聽了幫辦的一番關心話語，身著錦衣華服的白髮女子失笑道：

「七花，爾來告訴這個無知的男人我是何方神聖。」

「嗯，交給我吧！咎女。」

點頭回話的是站在白髮女子——咎女身邊的青年男子。這男子名喚七花，生得虎背熊腰、高頭大馬，打著赤膊。

「耳朵掏乾淨聽清楚啦！咎女是我的心上人，她無論身陷多大的困境，九死一生，也絕不為自己的決定後悔！」

■

■

「我不該來的!!」

在伸手不見五指的暴風雪中，尾張幕府直轄預奉所軍所總監督——奇策士咎女發出了懊悔的叫聲。

然而，她那淒厲的叫聲卻在轉眼間便被暴風雪掩蓋過去。在一般故事裡，雪山之中大叫必會引來雪崩；不過這種老套的劇情並不適用於此。

蝦夷地，踊山。

踊山山勢並不陡峻，與咎女兩人在第三個月時前往的出雲大山相較之下，高度尚不及一半。然而蝦夷地素有冰天雪地之稱，就連六月天的平均氣溫也低達驚人的零下二十二度。

無論春夏秋冬，一年四季都下雪。

而踊山更是極度的豪雪地帶，與陸奧的死靈山、江戶的不要湖並列為尾張幕府劃定的一級災害區，一般人根本無意接近，亦無須接近；真有事上山，也會先花上個把月安排籌劃，呼朋引伴之後再啟程。可是奇策士咎女卻在入港之後搭著雪橇直奔山麓，未做任何準備便與七花踏入了踊山。

也難怪她如此性急。

她的任務是蒐集傳奇刀匠四季崎記紀打造的十二把完成形變體刀，這個任務乃是機密，不能找其他人幫手，更無暇去做周延的準備。

不過說穿了，其實是她住慣了朱門甲第，小覷了一級災害區。她仗著自己的衣著厚重，以為只要稍加忍耐寒意便行。

真是膚淺之至。

「好冷！好冷好冷好冷！冷死我啦！冷死我啦冷死我啦！我快死了……唉！我真蠢，怎麼不聽那個港口幫辦的忠告？」

「咎女，妳真窩囊……」

饒是七花，也不能在這樣的狂風暴雪之中打赤膊。他身著港口買來的外衣——不錯，港口便已是寒風刺骨了。

而七花還背著咎女。

山上積雪深至七花膝蓋，咎女寸步難行，不得已（？）只好讓七花背著上山。登出雲大山之吋，咎女曾堅拒七花背負（說來令人費解，她竟選擇讓七花攔腰抱上山），不過現在是非常時刻，為了彼此取暖，咎女只得容許七花與自己肌膚相親；而七花結實的身軀果然如暖爐一般溫暖，是以咎女便丟去了所有羞恥心，緊緊地抓著他不放。另一個原因是：若不這麼做，只怕她嬌小的身軀會被暴風雪吹走。

「嗚，嗚嗚嗚嗚……我好想回去，好想回去，好想回去……」

「都走到這兒來了，回不去啦……」

「爾不冷麼……？」

「不會啊！妳瞧，我還穿著上衣呢！」

「那又如何？」咎女原想說「我可是連頭髮都結霜了。」但仔細一瞧，發覺七花的頭髮也差不多，便把話吞了回去。

其實七花只是後知後覺罷了。

咎女有七花替她擋寒風冰雪，七花首當其衝，可喊冷的卻是咎女。

「話說回來，這雪還真大……哦！我懂了，就是因為風太強，雪反而只能積到膝蓋而已。雪是很大，但風更大啊！活像隨時在雪崩似的，要直著走路可不

容易。」

「七、七花……」咎女氣若游絲地說道：「若是我死了……」

她居然交代起後事來了。

「若是我死了，爾須得獨力將『嗟了』這個吆喝聲發揚光大，流傳全日本……」

「妳、妳胡說什麼！」七花朝著咎女怒吼：「振作啊！咎女！不過是冷了點兒，妳便說這等喪氣話！」

「我是不成了……看來我只能走到這兒……七花，『嗟了』之事就拜託爾了……」

「別胡鬧！要我將錯就錯，把『嗟了』發揚光大？我一個人豈能辦到！」

「爾辦得到……爾可是我選中的刀啊……」

「決計不可能！沒有妳……沒有妳，我什麼也不成！沒有妳，我沒法子把『嗟了』發揚光大！」

「什麼話……這半年來，我已將畢生所學盡數傳授予爾……爾已經不需要我的奇策了。對現在的爾而言，將『嗟了』發揚光大乃是易如反掌……」

「振作點兒！咎女，妳還有未了的心願啊！」

「未了的心願麼……」咎女緩緩閉上眼睛，冷笑道：「那又是什麼大不了的心願……？呵呵呵，我何以如此固執？」

奇策士在受凍之下，居然開始喃喃說起了為時尚早的悔悟話語。

「長年以來，我為了抄家滅族之恨而獨自奮戰……可是和爾一路旅行下來，我終於發現了……我的所作所為其實全無意義……」

「咎……咎女姑娘？」

「活脫便是個笑話……真正的幸福並非回顧過去，而是與人攜手共創新生命……共步未來，但我居然沒能明白這個道理……」

「我、我說咎女啊，妳現在悔悟是不是太早了……」

「二十年來，我孤伶伶地走著這條路……沒想到卻是相識不過半年的爾點醒了我……」

「不不不，我可沒做過改變妳人生觀的事！」

七花偏過頭，用後腦撞了咎女的額頭一記。這記頭鎚帶來的痛楚讓意識朦朧的咎女清醒過來。

「怎麼回事……我怎麼覺得自己說了不少超前劇情的話語……」

「就當作是妳的錯覺吧……別提這些了，咎女，妳不是說入了山以後便要說？」

「唔……說什麼？」

她竟爾忘了。

奇策士咎女當真禁不起凍。

「說明這回的敵手及雙刀『鎚』的來頭啊！」

「哦……不錯。」

咎女這才想起，點了點頭。

「是了……我們是為了奪雙刀『鎚』，才從薩摩千里迢迢地來到蝦夷。」

「…………」

其實他們原先壓根兒沒打算來蝦夷，而是想先回朝廷所在的尾張城，卻誤中賊刀「鎧」原主——海賊團船長校倉必的奸計，坐上了前往蝦夷的船。只不過這些往事在咎女的腦中全被改寫了。

基本上，她是個肯定現狀之人。

再說，既然知道雙刀「鎚」便在蝦夷踊山，這一趟路是早晚得走的。

「不過，七花，我應當說過，雙刀『鎚』是如何一把刀，我並不清楚。」

「咦？哦，這麼一提，登出雲大山時妳曾說過……可妳不也說雙刀『鎚』是目前最後一把下落、主人俱知的刀嗎？怎麼會不清楚？」

「嗯，我確實知悉下落與主人為何。」

「那麼……」

「但我不知那是把什麼樣的刀。」咎女斷然說道。

她說得果斷，也是為了轉移自己對寒意的注意力。

「據說從舊將軍時代起——不，從四季崎記紀鑄成雙刀『鎚』的那一刻起，雙刀『鎚』便一直留在蝦夷踊山之中，從未移動過。」

「這麼說來，四季崎記紀來過這座山？」

「不錯。傳奇刀匠不遠千里地來到一級災害區所鑄成的變體刀，必是把不遜於先前各刀的名刀。」

「我想也是……莫非是把抗寒的刀？」

四季崎記紀的完成形變體刀各有特徵；絕刀「鉋」不折不損，斬刀「鈍」

無堅不摧，千刀「鎩」數以千計，薄刀「針」刃薄難辨，賊刀「鎧」固若金湯。

「怎麼可能是抗寒的刀……那是哪門子的刀啊？」

換作平時，咎女定要高呼「嗟了」，痛毆七花一拳；可現在的咎女還真希望世上真有這種刀，是以斥喝七花時的魄力減了幾分。

相對地，她更加貼緊了亦可稱作「抗寒之刀」的七花，臉頰在七花的脖子上磨蹭取暖。

奇策士與虛刀流第七代掌門卿卿我我的花樣之多，令人目不暇給；不過這回攸關咎女的性命，可不好取笑他們倆。

「是嗎……那麼舊將軍也沒奪得這把刀了？」

「嗯。舊將軍頒布獵刀令後，雖然查出了雙刀便在此山中，但一到踊山來，天候惡劣若此，尚未找出雙刀便折損了大半兵力，只得乖乖退兵。」

「……這麼說來，舊將軍是輸給了天候，並不是雙刀『鎚』厲害啊！不過重蹈覆轍的咱們也沒資格說人家便是了。」

七花咕噥道。

「不，舊將軍最後還是查出了此山中的變體刀即是雙刀『鎚』，並與刀的主人會面……只是下文如何，便無人得知了。」

「無人得知？」

「嗯。」

咎女神色凝重地點了點頭，但她是表示打顫或是頷首，七花卻不甚明白。

「雖知雙刀為凍空一族所有，但舊將軍是如何敗給凍空一族，凍空一族又是如何使用雙刀『鎚』，史料之中毫無記載。」

「……莫非是因為參戰的人全軍覆沒？」

「嗯，很有可能。即便僥倖不死，在這等風雪之中也難以全身而退。」

「原來如此。也罷，其實像先前那樣把對手的來歷摸得一清二楚，才是稀奇呢！反正接下來幾把刀都是這樣，等見了刀的主人，便知道刀生得什麼模樣、有何特性了；因為之前奪得的完成形變體刀都有個相得益彰的主人啊！」

天下間最為堅韌的刀——絕刀，配上天下間最為柔軟的忍者，真庭蝙蝠。

天下間最為鋒利的刀——斬刀，配上天下間出刀最快的劍客，宇練銀閣。

天下間最為眾多的刀——千刀，配上天下間用刀最多的巫女，敦賀迷彩。

天下間最為脆弱的刀——薄刀，配上天下間最為高強的墮劍客，錆白兵。

天下間最為強固的刀——賊刀，配上天下間最為好鬥的海賊，校倉必。

刀不選擇砍殺的對象，卻選擇主人。

而雙刀「鎚」亦是四季崎記紀打造的完成形變體刀，必會選擇一個配得上自己的主人。

「……問題是雙刀是否還在凍空一族手上？要是轉手可就麻煩啦！」

「應該還在凍空一族手上。自從尾張幕府將踊山劃為一級災害區以來，此地一直受幕府監視；若非我委屈求全，投身幕府之中，根本不得其門而入。」

「…………」

「委屈求全」四字透露了咎女的心境，然而七花在這趟旅程之中，已學會善意忽視他人的失言。

「和之前的因幡沙漠挺像的。」

「因幡沙漠雖然是個危險地帶，卻未被劃為災害區。」

「話說回來，凍空一族一直住在此地？不怕被凍死嗎？」

「凍空一族與雙刀一樣，真面目尚未分明，據說是相當奇特的一族。或許是天性耐寒，才能在這種冰天雪地之中築村而活。不過村子裡除了凍空一族以外，並無外人居住，所以用不著擔心像上回一樣，半路殺出程咬金攪局——所有村民都是敵人。」

「敵人？」

「嗯。」

他們和因幡沙漠的宇練銀閣一樣，無視幕府多次勸告，堅持定居於一級災害區，乃是群無法無天之徒。

必要時殺之無妨。

無須遲疑。

「當然，持有雙刀的不過是一族之中的某一人，我也希望能和平解決；但他們畢竟是自願定居雪山的異人，絕非好相與的對手……幕府的權威想必也不管用。」

「若是管用，早在舊將軍集刀時便會獻上雙刀啦！」

「不錯……總而言之，這回沒有事前情報，更罔論機密——只能硬著頭皮直接上陣。」

「哈，我向來如此。」七花從容不迫地說道，接著又問咎女：「話說回來，咎女——」

「何事？」

「若是這回成功奪得雙刀『鎚』——」

「沒有若是，志在必得。」

「哦，對，沒錯。咱們奪了雙刀『鎚』，又把剩下的六把刀也弄到手，集齊十二把刀以後，妳打算怎麼做？」

「…………」

咎女並未立刻回答七花的問題。

不是她故弄玄虛，而是不知如何回答。

七花這問題問得簡單，答起來卻不容易。其實若非身在雪山之中，七花也難以啟齒；就這層意義上而言，七花可說是相準了時機才問的。

和他在搭船前來蝦夷的路上漫不經心地說出的那番話不同。

咎女開始回想。

奪得賊刀「鎧」後，他們誤上了前往蝦夷的船，當時七花不疾不徐地說：

「虛刀流前任掌門鑢六枝——也就是我爹，是我親手殺死的。」

他又續道：

「還有我知道妳爹便是先前大亂的主謀——奧州地頭蛇飛驒鷹比等，也知道殺了他的便是我爹。」

老實說，咎女沒料到七花竟知道這些事——她連想都沒想過。冰雪聰明如她，一時間竟無法理解七花的話意。

然而她畢竟是奇策士，立刻便會意過來。

「爾殺了鑢六枝前輩……」

咎女先針對七花的頭一句話發表見解。當然，對於咎女而言，七花的第二句話才是重點；但正因為是重點，她才挪到後頭，以便趁著談論頭一句話時多加思索。

「對我來說，並不算是個壞消息。我雇用爾來代替鑢六枝前輩，爾勝過他，代表爾這把刀比他更為鋒利，更是有利於集刀。」

「……是嗎？」

七花見了咎女的反應，放下了心上的一塊大石。

「真是的，姊姊和敦賀迷彩都教我別向妳說這件事，害我七上八下的。要是知道妳聽了會高興，我早說啦！」

七花天真無邪地說道。

不過，咎女的反應半分為真，餘下的半分卻有隱瞞；而七花的姊姊鑢七實與三途神社掌理人敦賀迷彩顧慮的，便是餘下的半分。

殺父不可能沒有理由。

這套將身體比為一把日本刀，不使刀劍卻又非拳法的終極劍法，或許有著代代單傳的規矩；唯有超越掌門師父，方能繼任掌門一職——

傳統門派常有這類門規，饒是不懂武功的咎女也略知一二，亦能明白箇中道理，因此她並不非議七花殺父之事。

不過——

「？」

瞧七花愣頭愣腦的模樣，完全感覺不出他殺父的悲傷及愧疚之情。

七花壓根兒不懂七實與迷彩何以要他守口如瓶。

刀。

身為一把刀，便能毫不在乎地殺害父親麼？

父親因作亂伏誅，一族亦慘遭滅門之禍的咎女又豈能漠然看待此事？

「……唉！」

咎女望著海面，嘆了口氣。

開口問起的人是咎女。

是咎女質問七花是否還有其他知情未報之事——咎女不過隨口一問，七花便一五一十招來，教她不禁懷疑為何七花過去從未提起；如今知道是七實與迷彩叮囑他不可說出去，咎女才恍然大悟。七實的囑咐，對七花尤其管用。

迷彩已死，七實又曾交代七花保密，想來七花是不會再對其他人提及此事了。

第二句話亦然。

奇策士咎女。來歷不明的她其實與尾張幕府有不共戴天之仇。她正是被滿門抄斬的奧州地頭蛇飛驒鷹比等之女！

她投身於尾張幕府，身居要職，並著手蒐集四季崎記紀完成形變體刀的真正理由——

「我爹的事，爾是聽誰說的？」

咎女最關注的便是消息來源。若讓幕府知道自己的來歷，便是萬事皆休。最起碼不能讓那個惹人厭的婆娘知道。

「呃……」

咎女盡可能問得心平氣和，卻不禁流露了幾分感情，教七花略感困惑。

──不成。我得冷靜。

一提到爹，我便方寸大亂。

「不承島上和我交手的忍者……真庭蝙蝠說的。」

「…………」

咎女頓了一頓，方才點頭。

真庭蝙蝠──真庭忍軍十二首領之一，善於蒐集情報。

「原來如此，若是他……的確有本事查出我的來歷；在真庭忍軍之中，與我相交時日最長的便是他。這麼一提，當時他確實提過此事……爾也聽見了？原來消息來源是蝙蝠，這下我明白了。問題是蝙蝠除了爾以外，還對誰說過此事？想必真庭忍軍的首領全都知道了……不，瞧真庭鳳凰的言行神態，似乎並不知情──」

「他應該只和我一個人說過，當時他被我逼緊了，才說這些話來拖延時間。他後來想殺我滅口，可見得並不打算走漏這個祕密。」

「……哦，這麼一提，當時他與其餘的十二首領正在比賽集刀，莫非是為了保持優勢，便獨占情報麼？哼，這種陰險的作風倒是很符合那個狡詐忍者的本性。」

咎女嘴上痛罵真庭蝙蝠，心中暗自尋思。

七花知道此事，還答應成為我的刀？

不，正因為他知道了我的來歷背景，才選擇了我。

他愛上了我。

愛上了我。

「唉呀唉呀唉呀唉呀唉呀唉呀唉呀唉呀唉呀唉呀唉呀唉呀唉呀唉呀唉呀！」

咎女使勁摑了七花的手一巴掌，留下了紅通通的掌印。

七花並未閃避，只是叫道：「妳、妳做什麼？」

「抱歉，一時害臊。」

「害臊!?害臊便打人!?」

「也罷，反正情勢並未有多大的改變……甚至可說是好轉了。七花，我重新下令，今後不許爾對我以外的任何人提起這兩件事。」

「知道了。」

七花想也不想便回答了。

他的這般態度，或許與不避開咎女的巴掌一般，同樣是出於忠心；但反過來說，也可解釋為他完全不明白事情的重要性。

刀。

不帶絲毫情感的一把刀。

不過，他在薩摩對上校倉必時，卻顯露了人類的情感。

咎女認為這是個關鍵。

之後，咎女與七花未再談及此事。在船上未談，發現那條船乃是前往蝦夷之時未談，抵達蝦夷、坐上雪橇前往踊山時未談，七花背著咎女上了踊山之後也未談，活像是忘了有過此事一般，隻字未提。

然而，現在七花終於開口了。

「咱們奪了雙刀『鎚』，又把剩下的六把刀也弄到手，集齊十二把刀以後，妳打算怎麼做？」

七花並非顧慮隔牆有耳而強忍好奇心，直到來了這種風雪呼嘯的地方才開口詢問；若是如此，一路上多的是機會，用不著等到現在。

——果然如此。

咎女確信。

對七花而言，重要的是咎女集刀的理由；咎女集刀之後有何打算，他並不在乎。

因為不在乎，所以什麼時候問都無妨。

他愛上的是理由，並非目的。

反過來說，無論咎女有何打算，身為刀的七花都會追隨，奉陪到底。

這便是虛刀流麼？

既無覺悟，亦無所捨，便能殺人的刀。

「是啊！我該做何打算？」

「…………」

「我可不是裝瘋賣傻，只是仍在考慮罷了。老實說，我偏好臨機應變，不喜持定見。」

「…………」

「再者，目前尚值中道，前途未卜；總歸一句話，在集齊四季崎記紀的完成形變體刀之前，說什麼都是空談，我可不想畫餅充饑。不過，這趟旅程結束之時，或許我便得做出結論了……」

「…………」

「……七花？」

見七花毫無反應，咎女不禁擔心自己是否失言，便從七花背上窺探他的表情。這一探可糟了——不，或許她能及時察覺，反倒是件好事。勉強打直腰桿、拖著腳步行走的七花因為咎女這麼一探而失去平衡，跌了個狗吃屎。

咎女大呼「嗚呼！」身子被甩到了雪地之上。

「爾做什麼！」

咎女一如往常地大聲斥喝，然而七花卻沒反應。

他埋在雪地之中，一動也不動；狂暴的雪花轉眼間覆蓋了他的身軀。

「……七花？七七？」

咎女用遺忘已久的暱稱呼喊七花，並動手搖晃他的身體，但七花依舊沒有反應。咎女心急，勉力扶起倒地的七花，只見七花呻吟一聲：

「唔……」

他的表情看來頗為痛苦，不過仍有意識。

咎女這才放下心來。

「……我、我還以為爾死了呢！」她鬆了口氣，又問道。「怎麼了？被雪中的石子絆了腳麼？」

七花仍未答話，只是一臉痛苦。

「喂……喂！七花？」

「……我、我的手腳……」七花終於開口說道。「手腳不聽使喚……」

「爾凍傷了！」

咎女仰天大吼：

「蠢材！覺得冷為何不說！爾一直硬撐著麼？」

「不，不是，我不覺得冷……只是身子漸漸不聽使喚……」

「原來爾真的只是後知後覺麼!?蠢材！」

咎女厲聲怒吼，怒吼聲於轉瞬間被暴風雪吹散。

「蠢材！蠢材！蠢材……拳法家豈能不善待手腳！」

「我、我用的不是拳法，是劍法……」

「現在是說這種場面話的時候麼？蠢材！爾太小覷雪山的嚴寒！」

「呃，我覺得妳沒資格說我……哦，原來這就是冷的感覺啊……」

七花的故鄉不承島臨日本海，冬天也會下雪；不過縱使在下雪天，七花依舊穿得單薄，並不瞭解寒冷的感覺。

只是無論他如何後知後覺，寒意仍然一點一滴地侵蝕了他的身體。直到此時，七花終於身體力行，記住了寒冷的感覺。

方才七花也說過，都走到這兒來了，已經無法折回。

為時已晚。

「呃……該怎麼辦……」

咎女進退兩難。

大事不妙。

咎女沒料到七花竟會倒地不起，但思及七花一路背著咎女上踊山，為她遮風擋雪，支持不住也是必然的。

還得走多久才能到凍空一族的村落？在伸手不見五指的雪山之中，根本抓不準距離。

進無路，退無步。

「這下子……可真的糟啦……」

不能再勉強七花趕路。若是手腳上的凍傷惡化，他這把刀便廢了。咎女知道該盡快讓七花歇下，然而在這種狂風暴雪之中，得花多少時間才能找到歇腳處？只怕要不了片刻，她就會重蹈七花的覆轍。不，莫說片刻，少了七花替咎女擋風遮雪，她轉眼間便難以支持，咎女的身子骨可是比一般人還要柔弱。

一級災害區。

咎女終於瞭解它的可怕之處。

「嗚──」

七花閉上了眼，沉沉睡去，彷彿將就此長眠不醒。

「不、不行！別睡，睡了會凍死的！」

這是雪山遇難時的老辭，但此時並非開玩笑，而是鐵一般的事實。咎女猛摑七花臉頰，七花這回沒躲，可不是出於忠心了。
摑著摑著，連咎女也漸漸意識朦朧。
果真是轉眼間便難以支持。
「我——還不能倒。怎麼辦？該如何是好？」
然而咎女並未放棄。
氣溫已降到零下三十度以下，在這種嚴苛的環境之中，走投無路的她仍不死心，絞盡腦汁想方設法。
這已非意志強韌四字所能形容，而是異常。
異常的執著。
為父報仇的執著。
為一族報仇的執著。
七花問咎女有何打算，咎女不置可否；但瞧她堅決若此，想必心中已有定見。
如何對付殺父滅族的家鳴將軍家與尾張幕府，咎女早有打算。
無論局勢如何變化，無論使用何種手段，都要達成她唯一的目的。

她對七花所言，果然只是裝瘋賣傻。

捨棄一切的她，只有一個目的。

覺悟。

她已做好了覺悟，與刀完全相反的覺悟。

對七花而言，重要的是理由；但對咎女而言，唯一重要的便是貫徹初衷！

「——欸！」

暴風雪之中突然傳來一道細若蚊聲，幾不可辨，但又確實是向著咎女二人來的聲音。

咎女抬起臉來。

出現於她眼前的是個雪女。

■　■

對七花而言，重要的是理由，並非目的。

咎女的確料中了七花的心思。

不過七花所掛懷的其實只有一事。

他真正想問的，是集齊四季崎之刀後，咎女將如何處置他——處置虛刀流這把刀？

她打算如何對付虛刀流？

殺了咎女之父飛驒鷹比等的便是虛刀流第六代掌門鑢六枝，被譽為大亂英雄的鑢六枝以手刀手刃飛驒鷹比等，其子七花與虛刀流一派自然亦是咎女報仇的對象。

奇策士咎女於事成之後，究竟打算如何處置鑢七花這把刀？

當然，無論咎女有何打算，七花都會奉陪到底；只是七花發現自己已不似剛踏上旅程時那般對此事漠不關心。

二章 凍空一族

■ ■

荒山野徑之上，有兩道人影疾奔。

他們的動作教人看不清——倒不是因為速度快，而是步法特殊，不留形跡，從遠處……不，或許便是在近處也瞧不見。

那兩道人影身著無袖忍裝，鎖鍊纏繞全身。

其中一人是「神禽鳳凰」真庭鳳凰，另一人是「查閱川獺」真庭川獺。

真庭忍軍十二首領之二並駕齊驅，馬不停蹄，來無影去無蹤，連片葉子也未曾揚起。

「話說回來……」

開口說話的是川獺。

他腳下疾奔，氣息卻絲毫不亂，嘴上說話，速度卻分毫未減，活像身子與聲帶是分割開來的。

「這回可真是大事不妙啦！真庭忍軍裡原本就淨是些特立獨行的傢伙，狂犬更是如此；說什麼團結一致，只怕要笑掉人家的大牙！枉費鳳凰大哥特地去結了盟回來，可別真給狂犬搞砸了。」

「無可奈何。」

鳳凰回道，聲音亦是絲毫不紊。他們倆一問一答，但腳步並未因此稍緩半分。

「明知狂犬最重視弟兄的性命，卻未善加安撫，是吾的疏忽，累得汝也遭池魚之殃。」

「快別這麼說，鳳凰大哥。我是獸組的統領，自然得為狂犬的所作所為負責……說歸說，套句海龜的話，就算追上了，能勸回狂犬的也只有鳳凰大哥……還有企鵝老弟的忍術啦！」

川獺又想起一事，說道：

「對了、對了，聽海龜的語氣，虛刀流掌門也勝得過狂犬。鳳凰大哥，你認為呢？」

「勝負沒有絕對。不過孰優孰劣並不重要，在他們動手之前便得阻止狂犬。現在要毀棄與咎女姑娘——與奇策士的同盟，還太早了。」

「可是辦得到嗎？莫說說服了，能否在狂犬趕到蝦夷之前截住人都是個問題。就算是鳳凰大哥，只怕也是難如登天啊！當然啦，我也是半斤八兩。根據企鵝老弟的情報，雙刀『鎚』是在一級災害區踊山裡；一級災害區之於忍者固然便如遊樂場一般，但要在雪山裡追蹤，可得費上一番工夫。」

「當然，截住狂犬乃是首要之務，不過為防萬一，亦該考慮追趕不及時如何行事。若是狂犬碰上了奇策士與虛刀流掌門且咬死了他們，那倒還好，但若是失手可就糟了。假使狂犬挑戰虛刀流掌門，卻戰敗身亡……吾等十二首領又會少去一個，同盟亦宣告破裂，可說是最壞的結果。」

「沒錯。」

「川獺，吾等務得防止這種情況發生。」

鳳凰輕描淡寫地說道。

「必要之時，或許得請汝賠上一條命。」

「是，我明白了。」

川獺亦答得輕描淡寫。

「我當忍者也體驗過不少事啦，就是還沒死過，反倒挺期待的。蝙蝠那個蠢蛋在另一個世界應該也寂寞得很吧！」

「……現在令吾擔心的是凍空一族。」

鳳凰嘆道。

「雙刀『鎚』之主……自古以來便棲息於一級災害區踊山的凍空一族。」

「根據介鵝老弟所言，凍空一族古怪至極……雙刀『鎚』的特性也不尋常，果然怪刀便會配上怪主人。」

「倘若吾等光把心思放在奇策士、虛刀流掌門與真庭狂犬之爭上，只怕讓凍空一族漁翁得利。不知雙刀『鎚』的主人凍空一族將如何出招？」

「他們是一群自願住在一級災害區的怪人，即便看在咱們忍者眼裡也夠神祕了。」

「——加快腳步吧！」

說著說著，鳳凰心焦起來，一口氣加快了精準不變的步伐。川獺也是一般心境，持續疾奔，未慢上鳳凰半步。

然而，真庭狂犬的背影依舊是望塵莫及。

說來也是當然，狂犬領先了他們一大段路。

因為目前真庭忍軍之中最快的忍者，便是真庭狂犬。

■　■

咎女二人被帶往一個洞穴之中。

七花已然動彈不得，而咎女又沒那等體力與臂力拖著他走——莫說咎女也凍得手腳發僵，即使她安然無恙也辦不到——因此是那名雪女背著七花來到洞穴的。

雪女自稱凍空粉雪。

不，其實她並非雪女，而是個活生生的人；只是咎女當時身處伸手不見五指的飛雪之中，才有此誤會。

凍空粉雪是個膚白髮長，年約十歲的孩童；但她卻靠著幼小的身軀，背著七花，領著咎女來到了洞穴。

她絕非尋常孩童。

再加上她姓凍空，決計錯不了。

她便是雙刀「鎚」之主——凍空一族之人。

「呼……我還以為我穩死無疑呢！」

在火堆邊取暖半刻鐘後，意識朦朧的七花總算清醒過來。他的恢復速度之快令咎女大為驚訝（咎女在火堆旁坐了一樣久，卻還是不住地發抖），但更令咎女驚訝的，卻是這個別有洞天的洞穴。

洞穴角落囤了些木柴；雪山裡的木頭含有濕氣，難以燃燒，粉雪便靠柴火將拾來的木柴烤乾，又將烤乾的木柴拿來生火。洞穴上方吊著野兔肉之類的肉乾，粉雪的衣服亦是以白色毛皮製成，看來相當暖和。

凍空一族生性耐寒——這個推測固然不錯，不過他們可不只耐寒，還具備生活於雪山所需的豐富智慧。

「這位姊姊，你們也太胡來啦！居然穿得這麼單薄上山來。要不是儂正好經過，你們鐵定一命歸西啦！」

「大恩人德，沒齒難忘。」

咎女無話反駁，只能乖乖道謝。

「不過儂也挺佩服你們的，尤其是這位哥哥，居然能背著人走了一半的山路，地表人很少有這麼健壯的啦！仔細一瞧，你的身子很結實呢！」

咎女聽了地表人這個陌生的字眼，心中不禁奇怪，但隨即又意會過來——這字眼八成是指「不住在踊山的人」，亦即凍空一族以外的人。

凍空一族遁世離群，隱居山中已久，用字遣辭難免與常人有些出入。

——不過……

這名少女——粉雪可是住在這個洞穴之中？這個洞穴顯然是個起居之所，並非「暫時避難所」；洞裡面積狹小，一人居住恰到好處，至多也只能擠上三人，咎女與七花進入以後便顯得擁擠不堪。粉雪是小孩，咎女身材嬌小，倒還不感偪促；但若是有兩個與七花一樣高大之人同時入內，便會擠得動彈不得。

——凍空一族應該是住在山頂上的村落才是。

粉雪方才說他們走了一半的山路？

走了這麼久才到山腰，固然令咎女錯愕；但粉雪在這種地方生活，更教咎女狐疑。

「說起來，妳比較健壯吧？瞧妳小不點兒一個，居然能背著我到這兒來。」

七花滿臉佩服地對粉雪說道。七花雖已二十有四，精神年齡卻和粉雪相去不遠，是以對她說話時語氣仍如平常一般。

「妳的力氣很大啊！」

「嗯，力氣不大，哪能在這種山裡生活？」粉雪並不謙遜，如此答道。

接著，她又問道：

「不知兩位哥哥姊姊尊姓大名？」

這麼一提，咎女二人尚未報上姓名。

「我是尾張幕府直轄預奉所軍所總監督，奇策士咎女。」

咎女報上了名號。

她原本猶豫著是否該隱瞞自己出身幕府之事，但思及對凍空一族隱瞞此事並無意義，便又作罷。

待體力恢復，風雪稍歇之後（據粉雪所言，今天的風雪格外地大，即便在一級災害區踊山之中亦是難得一見。咎女知道自己竟是因運氣差而險些喪命，不由得喪氣垂頭），便得請粉雪帶路到山上的村落裡去，還是誠實為上。至於來此的目的是為了奪雙刀「鎚」之事，便暫且避過不提。

「我是虛刀流第七代掌門，鑢七花。」

七花也跟著報上名號。

「咎女姊姊和七花哥哥是麼？好，儂記住了。儂是凍空粉雪。」

粉雪又報了一次姓名，並行了個禮。

她是個不怕生的孩子，相當討人喜愛。

我在她這個年紀的時候，絕沒這麼天真可愛——咎女暗暗自嘲。

不過現在可不是顧影自憐的時候。

「七花。」咎女呼喚自己的刀：「狀況如何？」

「還沒完全復原，不過手腳的感覺已經回來啦！火還真管用。」

「嗯……」

七花果然是鐵打的身子，雖然一度倒地，現在又活蹦亂跳了。咎女暗自盤算，不如今天便在這個洞穴借住一宿，待明日風雪稍歇後再啟程。

「粉雪——」咎女又對少女說道：「恕我厚顏，救命大恩未報，又有一事相求……我們在此相識也是種緣分，明天一早，能否請爾帶我們到爾的村子……凍空一族的村莊去？」

「唔？」

聽了咎女之言，粉雪不可思議地嘟起嘴巴。

「咎女姊姊，怎麼？妳是來找儂的族人？」

若非來訪凍空一族，誰會踏上踊山這個一級災害區？然而粉雪聞言卻相當意外，一臉驚訝。

「唔，這麼一提……」七花此時終於生了咎女老早便有的疑問，對粉雪問道：「妳為什麼住在這種洞穴裡？我們倒是因此撿回了小命便是了。應該不是出來打獵吧？」

「嗯，呃，一言難盡。」

粉雪並未立刻回答七花的問題，似乎有難言之隱。

——莫非她被逐出村子？

咎女暗自尋思。這孩子年紀尚小，怎會被逐出村子？但轉念一想，有時反而正因為是小孩，才會被逐出村子。凍空一族有何族規，如何生活，咎女並不知；總之粉雪是因為某種緣故，不得不離村索居。

照這麼看來，是不能請她帶路了。

頂多只能請她指點路徑。

不過一眨眼時間，咎女便已盤算妥當。然而現實卻超乎她的計算。

粉雪說道：

「上個月雪崩，把凍空村給全滅啦！」

「全──全滅？」

「對。活下來的只有儂一個人。」

「…………！」

不只咎女啞口無言，七花亦然，唯有當事人粉雪一臉莫名其妙。

全滅……？

連權勢滔天的舊將軍都無可奈何的凍空一族，居然因雪崩而全滅了？

「和因幡沙漠一樣，人爭不過天啊！」七花嘀咕道：「這下該怎麼集刀？」

二十年來生長於無人島的七花缺乏體恤他人之心，未說半句話來安慰粉雪的喪親之痛，反而先擔心起集刀的問題來。咎女一時間雖也不禁擔憂起刀的去向，卻還是覺得他實在麻木不仁。

咎女狠狠地瞪了七花一眼，七花雖一頭霧水，卻也知道自己惹咎女不高興，縮了縮身子。

——一族全滅麼？咎女不由得聯想到自己的身世。
以叛亂者飛驒鷹比等為首的飛驒一族。
除了當時年歲尚幼的咎女以外，全都被殺個精光，半個活口不留。
「集刀：」
粉雪聽了七花麻木不仁的話語，並不傷心，亦不介意，反倒是對集刀二字感到好奇。
真不知道到底粉雪是孩子，還是七花是孩子。
或許粉雪的精神年齡尚比七花高。
「不錯，集刀。」咎女說道。
咎女原本猶豫著該不該說，不過凍空一族既已全滅，再隱瞞也無濟於事。
她須得確定刀是否安然無事；若是村子被雪埋了，便得去把刀挖出來。
「我們便是為了集刀而來。我們來此，是要請凍空一族把刀——把四季崎記紀打造的十二把完成形變體刀之一雙刀『鎚』讓給我們。」
倘若凍空粉雪是凍空一族唯一的倖存者，她便是這回的談判對象，可不能把她當孩童看待。咎女固然不像七花一般麻木不仁，卻也不能再同情粉雪的遭遇。

「從前朝廷的人也曾為了集刀而上踊山，爾可有聽家人或身邊的人提過？」

「不……儂沒聽說過。」

粉雪懵懵懂懂。

「儂還是個小孩，不能過問大人的事。雙刀『鎚』……唔，儂沒聽過……呃，是把什麼模樣的刀？是咱們族裡的寶貝麼？」

「……………」

她完全不知情麼？

粉雪說得不錯，大人是不會對她這般年紀的孩童提這些事的。

這下可進到了死胡同。

這回咎女手上沒有情報，也沒法子對粉雪描述刀的模樣。

「你們族裡沒有使刀劍的劍客嗎？」七花問道。

七花不過是想到便問，卻問得一針見血。四季崎記紀的變體刀有個極為危險的共通點，便是刀帶毒性，持刀便欲斬人。變體刀能刺激人的攻擊性，乃是種極為駭人的殺人兵器；不過也有敦賀迷彩這般怪人，反將這個特徵利用到和平之上。

無論凍空一族為何方神聖，總不能例外。

是否為劍客姑且不論，持有雙刀之人必會使用雙刀。

「唔……」粉雪歪起腦袋，一本正經地思索。「咱們族人不管是打獵、煮飯還是幹活兒，都不用刀——唔？這麼一提，村長的大兒子……」

「他怎麼了？」

見粉雪似乎想起了什麼，咎女連忙探出身子，她這麼一探，險些撞進了火堆之中，又連忙往後跳開。

「……妳不打緊吧？」

「啊，不打緊。爾方才說村長的長子怎麼了？」

其實咎女燒著了頭髮，但她不能為了這種小事打斷話頭。

「呃……聽說他打獵時用刀，可是儂沒看過他用，不知道那把刀是不是姊姊要找的……叫什麼來著？雙刀『鎚』是麼？」

「……爾有何看法？七花。」

咎女已有定見，但還是徵詢能與完成形變體刀「共鳴」的七花之見。

七花的回答不出咎女所料。

「不知道。」七花道。「妳別指望我的共鳴啦！咎女——那種感覺可是微妙到近乎錯覺的地步。」

「嗯……我還以為再不濟也能靠爾的感覺到村落遺址去找刀……看來此法亦不可行。」

倘若用感覺找比不上用眼睛找，那也無可奈何。不過像隻無頭蒼蠅一樣到處挖雪，找得到刀麼？只能寄望從粉雪的一番話中找出蛛絲馬跡了。

「只好先從村長家一帶挖起了……不過村子被雪掩埋，只怕沒記號可循……」

「啊！不如儂跑一趟，去替你們取來吧？」

正當咎女苦思著稱不上奇策的土法煉鋼之策時，粉雪一派輕鬆地說道：

「儂在村子裡住了十年，哪家在哪個位置都有個底兒。」

「咦……爾要跑一趟？可是……」

風雪這麼大，豈能隨意在外走動？

即便是凍空一族亦然——

「沒關係、沒關係。地表人如何儂不知道，不過對咱們凍空一族而言，雪便是身體的一部分，風雪強弱不成問題。說歸說，現在凍空一族也只剩下儂一人啦！」

粉雪笑道。這話聽在咎女耳裡非但不好笑，反而感到心酸；但粉雪並未理會咎女的反應，毅然起身。

洞穴甚矮，七花起身便會撞到腦袋，不過粉雪與咎女起身尚有空間。

「好了，儂這就跑一趟，請咎女姊姊與七花哥哥在這兒稍候。」

「慢著……」

或許去是不成問題吧！

瞧粉雪把話說得這麼滿，可見對於凍空一族而言，踊山便如庭院，暴風雪便如春風；但要從埋在雪裡的村莊之中挖出一把刀來，又豈是一個孩童便能辦到？

然而粉雪小孩心性，根本不聽咎女制止，加了件毛皮便衝出洞穴。

留下的只有一片寂靜。

啪！片刻過後，柴火爆裂之聲響起。

「那丫頭是什麼意思啊？」

外頭風強雪大，咎女與七花不敢追趕，只能乖乖依照粉雪之言，留在洞穴裡等她回來。

「她說要取來給我們，表示若那把刀真是雙刀，她願意送給我們？」

七花的問題相當實際。

「這就不得而知了……雖然不知凍空一族如何看待雙刀，至少那孩子對雙刀並無特別情感。照這麼看來……」咎女慎重地思考今後的發展，緩緩說道：「若是村長的長子打獵時用的刀便是雙刀『鎚』，而粉雪真能順利將刀取來……或許這回便能光靠談判得到變體刀，用不著動手了。」

「……怎麼不是大好，就是大壞啊？」

確實如七花所言。

不是費盡心機仍奪不到手，便是不費吹灰之力而納入囊中……

「話說回來，怎麼會因為一個雪崩而搞到全村覆滅呢？凍空一族從幾百年前便住在這座山上，沒想到卻在一夕之間就消失了。」

「嗯……經爾這麼一說，是有點兒古怪——不過，或許凡事都是如此無常吧！」

「所以啦！」七花說道：「粉雪對咱們才會這麼好。」

「唔？」

「因為她轉眼間便失去了一切，很寂寞。」

「……………」

這是咎女未曾有過的觀點。

而這個觀點竟是出自於麻木不仁的七花口中，令咎女大吃一驚。

是了，七花也有過寂寞的感受，所以能理解何謂寂寞……

不光是「自己的寂寞」，還有「他人的寂寞」。

若七花真能理解他人的情感，對於不知世事的他而言，可謂一大進步。

咎女失去一切時，尚有尾張幕府這個憎恨的對象，所以能把所有無處宣洩的情感化為憤怒，導向他處。

然而粉雪呢？

對象是雪崩，是自然；她那無處宣洩的情感，是否永無宣洩的一天？

留下的只有寂寞。

「七花。」

「唔？」

「站在我的立場必須事先考量所有情況，所以爾聽了我接下來這番話可別不高興。若是我們能如方才所言，不費吹灰之力而得雙刀『鎚』，自然是再好不過；但若是談判失敗，須得動手之際……爾能狠下心動手麼？」

「啊？跟誰動手啊？」七花一臉疑惑地問道。「凍空一族不是全滅了嗎？」

「和唯一的倖存者，粉雪。」

「行啊！」七花想也不想便回答：「對手是小孩，打起來可輕鬆了。再說我的體力也幾乎復原了。」

「……是麼？」

刀不選擇砍殺的對象。

也罷，只要身為主人的咎女能妥善駕馭七花即可。咎女嘴上那麼問，其實七花與粉雪真的大動干戈的機率不到萬分之一。

沒錯，唯一的可能性，便是粉雪在凍空村舊址發現雙刀，並被雙刀「鎚」所惑，持刀相向。

持刀便欲斬人，正是四季崎記紀之刀的毒性。

粉雪不是劍客，毒性應不至於急速擴散。村長的長子只將雙刀用於打獵之上，便是最好的佐證，是以無須過度擔憂。不過——

還是不該讓粉雪隻身前往。

咎女一面思索，一面添了根木柴入火堆之中。

在凍空粉雪回到洞穴之前，奇策士又設想了各種可能性；然而，她卻始終未曾思及粉雪隻身回村的理由——反過來說，便是不願咎女與七花接近村子的理由。奇策士咎女直到一段時日之後，方才明白箇中緣由——

■ ■

待到隔人黎明，粉雪才從山頂上的村子歸來。為了取暖而相依入眠的咎女與七花聽見了粉雪的腳步聲方才醒來（此時咎女半夢半醒，迷迷糊糊，被小孩看見了自己與七花相依入眠的模樣也不覺得害臊），睜眼望去，只見粉雪手上果然拿著一把刀；然而定睛一看，卻不由得大失所望。

也難怪他們失望。粉雪帶回來的並非真刀，而是把削石製成的石刀，渾不似日本刀那般華美，倒像根棍棒，粗糙醜陋。

那刀約長二尺三寸，刀身上並無刀紋，亦無刀鞘與護手，上下難辨，活脫便是根石棒。

「唔，瞧你們反應平平，莫非這不是咎女姊姊所要的刀？」

「嗯……很遺憾。」咎女點頭答道。粉雪特地去替自己取刀，若是顯露失望之情，未免對她過意不去，是以咎女略感難以啟齒。

然而粉雪卻道：

「不過和刀擱在一塊兒的但書卻說這就是雙刀『鎚』──」

「咦？」

「要看看麼？」說著，粉雪一派輕鬆地將刀丟到咎女二人跟前。若是真刀，或許不該如此粗率對待；不過這既然是把狀如石棒的刀，也就無可厚非了。

說來驚險，咎女伸手欲接，但她目測有誤，刀未觸及她的手指便落到了地上。

砰一聲陷入了洞穴中的堅硬地面。

「……………………！」

咎女不禁縮回了手。

七花代她探出身子，先是單手去抓陷入地面的刀，接著又改為雙手。

然而用單手或雙手都一樣。

憑七花之力——饒是七花之力，亦拿不動那把刀！

七花可以徒手抬起比自己高上兩個頭的海賊——身穿賊刀「鎧」的巨漢校倉必，卻無法挪動這把陷入地面的刀半分。

而七花觸及刀時，他的直覺告訴了他。

就是這把刀。

共鳴。

同時，讓七花想起了兩個月前與自己交手的那名劍客。

劍客的兩大聖地之一，巖流島。

日本最強的墮落劍客，錆白兵。

四季崎記紀打造的十二把完成形變體刀之一，薄刀「針」——刀身華美，薄如蟬翼，輕若鴻毛，渾然不似人間物。

此刀正好相反，與它互為表裡，粗糙、厚實、強韌而沉重。

傳奇刀匠四季崎記紀打造此刀時，顯然是以「重量」為重點。

這把刀正是雙刀「鎚」！

七花此時終於發現另一件驚異之事，不由得瞠目結舌。他抬頭仰望杵在原地的凍空粉雪。

「咦？喂……！」

她不過輕輕一擲，刀便深陷地面，連素以力大自豪的七花用上雙手都拿不動。如此沉重的刀，凍空粉雪竟能把它當尋常木棒似地單手掄起！

「不過不是也好。照那但書上說的，這把刀不能輕易送人。」

粉雪渾然不覺七花視線中的含意，一派輕鬆地說道：

「但書上頭說了，若是有地表人想要這把刀，凍空一族便得以此刀測試那個地表人夠不夠『資格』。」

三章 否定姫

■
■

真庭鳳凰與奇策士於薩摩密會，訂下了真庭忍軍與尾張幕府間的同盟（站在咎女的立場，乃是暫時休兵）；當時，鳳凰對咎女透露了數個情報作為結盟禮。

其中一個情報，便是三把原先下落不明的完成形變體刀所在之處；另一個情報則是——

朝廷裡的某個女子正在伺機而動。

七花當時也在場，話聽是聽見了，可是被後來的紛紛鬧鬧一攪，又忘得一乾二淨。

當然，咎女可沒忘。

她如何能忘？

那女子正是咎女從前的宿敵。之所以用「從前」二字形容，乃是因為咎女在著手集刀之前，便已將她徹底擺平——然而這個結論卻被鳳凰給推翻了。

那婆娘向來如此，無論如何整治，她總能東山再起，便如不死之身，不屈不撓。

不錯，就和我一樣。

鳳凰稱呼那婆娘為否定姬。

無人知曉她的本名。

正如咎女自稱為奇策士一般，她在幕府之中的名字便是——「否定姬」。

■　■

七花只覺得事情越來越古怪了。

這趟集刀之旅所發生的事原本便鮮少在預料之中——不，該說沒一回在預料之中；事出預料，亦是意料中事。

四季崎記紀打造的十二把完成形變體刀之一——雙刀「鎚」。

刀的主人，乃是凍空一族的凍空粉雪。

眼下七花擺出了虛刀流第一式「鈴蘭」，與粉雪對峙；不消說，粉雪則是挺雙刀「鎚」迎戰。粉雪身高與刀長相距無幾，單手掄刀的模樣看來十分蠢拙，與錆白兵使薄刀的凜凜英姿完全相反；不過她的身影與狂風暴雪卻極為相稱。

只談判，不動手。

事情若真如此發展，自是萬幸；可這回還是一如往例，沒能這麼便宜了咎女二人。

粉雪年幼，不知雙刀「鎚」乃是凍空一族舉族保護的寶刀。

四季崎記紀將刀交給凍空一族保管時，曾囑咐道：待將來雀屏中選之人來到村子，便將刀交付於他。

四季崎記紀指定的刀鞘，便是凍空一族。

雀屏中選？

七花覺得這個字眼下得古怪，不過仔細一想，四季崎記紀原本便主張刀選人，而非人選刀，這麼說倒也沒錯。

只不過，若要站在這種觀點評判，七花認為凍空一族才是雙刀「鎚」選上的人。

——那身天下無雙的力氣。

背著七花回洞，對粉雪來說不過是舉手之勞。

據說凍空一族個個天生神力，並不只有粉雪一人力大；粉雪年幼，在族裡還算是力氣小的了。

所以四季崎記紀才會把雙刀託付給凍空一族保管。除了凍空一族以外，只怕找遍天下，也找不出第二個能使雙刀「鎚」的人了。

至少七花使不來。

以此類推，校倉必亦然。

即便是日本第一高手錆白兵也使不動這把刀。他雖能將最難使的薄刀「針」使得靈動自如，但碰上雙刀，只怕連拿也拿不起來。

就連能自由運用各式刀劍的千刀流敦賀迷彩，也得對這把刀舉白旗。

然而凍空粉雪卻是使刀如木棒，毫不費力。

她掄刀的模樣看來蠢拙，卻是個莫大的威脅。

粉雪說要遵照族規，測試七花夠不夠「資格」；七花可不能因為對手是個孩童，便把這一戰當做兒戲。若是視為兒戲，只怕不是負傷便能了事。

一旦粉雪以那身驚人的力氣揮起那把沉甸甸的刀——

「…………」

不過該提防的也只有那身力氣。一路上與許多劍客交過手的七花看得出粉雪絲毫不懂劍法。

她只是有樣學樣而已。

粉雪的模樣看來蠢拙，不光是因為身材矮小及刀長得醜而已，乃是因為她的架勢外行。

「準備好了麼？七花哥哥。」

粉雪一派輕鬆地喚道。瞧她笑臉盈盈，似乎真以為是場兒戲，完全沒有執行族規的氣概與肅穆。

風雪之勢稍減。

一級災害區踊山一年到頭都下著雪，不過雪勢卻因時刻而有強弱之分；粉雪特地挑在風雪較弱的時刻對決，說來便是顧及七花不慣雪戰之故。

雪深直達七花的膝蓋。

粉雪亦處於同樣的條件之下，不過由於雙方身高有段差距，反而是粉雪較為不利（雪深及她的腰）。只是粉雪已習慣雪，優劣相補，仍是平分秋色。

七花並不如往常一般赤膊赤腳、除去護腕備戰；他可沒蠢到在雪中脫個精光，更何況他昨天才險些凍死。

他身上穿著禦寒衣物，是副雪地打扮。

——不大好活動，不過應當不礙事。

七花如此想道，手裡維持著「鈴蘭」起手式，嘴上回答：

「嗯，準備好了——不過冷得很，快動手吧！欸，咎女！」

「嗯。」

立於兩人之間的咎女（順道一提，她現在穿著向粉雪借來的毛皮。毛皮比她那件十二單衣還要暖和）神情凝重地點了點頭。她是這場決鬥的公證人，單臂高舉，隨時準備喝令開打。奇策士常充當公證人，三途神社之時與大盆之時皆然。

奇策十向七花使了個眼色。

七花亦回了個眼色，表示明白。不錯，這場比武還有一條限制。

贏過這名天生神力的少女粉雪，乃是此戰的前提，七花也不認為是樁難事。

不過取勝歸取勝，卻不能傷害粉雪的性命——這便是咎女下的命令。

「辦得到麼？」

主人這麼問，七花自然不可能說不，但臉上還是不禁流露疑惑之情；咎女見狀，便道：

「理由和上個月差不多……不，或許比上個月更要緊。爾還記得我們奪得千刀以後，為了處置那些刀而大傷腦筋麼？」

「哦……煩惱該怎麼把那一千把刀送回尾張嘛！最後是接受了敦賀迷彩的提議……不過這回只有一把……啊！不成。」

說到這兒，七花也會意過來了。

「是了……雙刀太重，除了凍空一族以外沒人拿得動……」

粉雪是如今僅存的雙刀「鎚」刀鞘。

決計不能取她的性命。

「舊將軍未能奪得雙刀『鎚』的理由，說不定便在於此……即使他把刀強奪過來，刀這麼重，他也搬不走……這下子可明白史料全未談及此刀的理由了。未能奪刀的理由如此窩囊，豈能流傳後世？」

「原來如此。知道雙刀並非尋常無奇的對刀，我就安心啦……不過既然不是對刀，為何取名雙刀？雙是重量單位嗎？」

「不，我沒聽過這種重量單位，或許是借字吧……若是借字，倒可以解釋。」

「話說回來，四季崎記紀這個刀匠的鬼點子還真多。把刀造得這麼重，到底有什麼好處？」

「也罷，雖然粉雪的力氣不容小覷，但畢竟是個孩童，犯不著拚得你死我活，爾多留心，別傷了她。爾已經是個二十四歲的成年人，就放輕鬆點兒，當做是陪孩子玩吧！」

身為一個運籌帷幄之中的軍師，奇策士這番話實在過分輕敵，或許是她對七花這把刀太有自信。

而披掛上陣的七花自然是謹遵成命。

但他可放鬆不得，不能因為對手是孩童便當成兒戲。即便有了不可傷害粉雪的限制，他仍會全力以赴。

只可惜七花還是存有輕敵之心。

真庭忍軍首領，真庭蝙蝠。

下酷城城主，宇練銀閣。

三途神社巫女，敦賀迷彩。
日本第一高手，錆白兵。
鎧海賊團船長，校倉必。
還有其他多不勝數的挑戰者，全都敗在鑢七花的手下——雖說凍空粉雪手持四季崎記紀的完成形變體刀，鑢七花面對一個體格、歲數都不及自己一半的孩童時略生輕敵之心，又豈能怪他？
只不過這些許的輕敵之心，卻讓他吃了莫大的苦頭。
「——動手！」
說著，咎女揮落手臂。
第一式「鈴蘭」乃是招以靜制動的起手式，想必各位看官早已耳熟能詳。
七花使出此招，用意便在於觀察粉雪的路數。
這也是為了避免傷及她。
——小時候，爹也常這麼做。
此時的七花尚有餘裕去回想兒時之事——直到目睹粉雪出的第一招。
「接招！」

粉雪並不虛張聲勢，只見她一躍而起，腳點雪地，直攻而來。

粉雪手持天下間最重的刀，奔馳於剛積下的柔軟雪面之上，腳卻未陷入雪地半分。

她高舉雙刀，斜肩劈落。

然而她畢竟是個門外漢，沒抓準距離，雙刀未曾觸及七花半根寒毛，大剌剌地揮了個空。七花見有機可乘，反射性地便要使出手刀，又驚覺這招足可取人性命，連忙打住。

七花不進反退，拉開距離。

——沒想到這麼難打……！

粉雪的大生神力果然是種威脅，令七花的身體不由自主地做出反射動作。

——我得手下留情。

「虛刀流——『薔薇』！」

七花豎起腳趾踢向粉雪，粉雪猛然伏下身子，閃過此招。

她雖然不懂武功，畢竟是在這嚴苛環境之下存續了數百年的凍空一族之人。

粉雪的臉龐映入七花的眼簾。

她看來十分開心，樂在其中，猶如在玩耍一般。

「……嗚！」

七花可樂不起來。

或許粉雪覺得自己的攻擊只是鬧著玩，但身為「地表人」的七花若是挨上一招半式，可會丟了小命。

——完全相反。

與巖流島上的錆白兵之戰完全相反！

刀相反，主人亦然！

「唷……！」

七花趁著粉雪再次大揮雙刀之際拉近距離，右腳順勢勾住粉雪的雙腳，並橫掌掃向她的上半身。

這招是虛刀流少見的摔技——

「虛刀流——『菫』！」

七花趁著粉雪重心後移時使出這招，並不受制於對手的力氣，反倒巧妙地利用了粉雪的天生神力，四兩撥千斤，將她矮小的身子給摔了出去！

「……如、如何？」

長年佇活於雪山之上，讓粉雪自然而然地學會了足不陷入雪中的步法。雪深縮短了她與七花之間的身高差距，令七花感到棘手萬分。

——身材高大的人不好對付。

七花想起與校倉必的比試，暗自咕噥。

——可是身材矮小的人也不好對付！

方才的摔技——「菫」使得不夠紮實。七花出腳去勾粉雪之時，粉雪便已軟了腿，是以最後那記掃掌太淺，又兼有積雪做她的軟墊，想必成效不彰。果不其然，粉雪像隻兔子一般一蹦而起，安然無恙。

她單手揮舞雙刀，笑道：

「嘿嘿嘿，真好玩！七花哥哥。」

「……是嗎？」

七花可無法回以笑容。

還是別想東想西，乾脆出絕招決勝負……即使出絕招，只要斟酌勁道，便不至於傷及對手性命。

只不過七花深知對手的力氣有多麼驚人，難保不會過度使力……

——只能聽天由命，盡力而為了。

老實說，七花認為自己連刀都拿不起來，根本沒「資格」當雙刀「鎚」的主人（對七花而言，「刀」要拿「刀」本身便是種矛盾）；但他是奇策士的刀，必須完成集刀的任務。

要用奪薄刀「針」時用過的第三絕招「百花繚亂」？或是斟酌力道，使出第五絕招「飛花落葉」？……不成。

這兩招若是沒打中，將付出極大的代價。

七花絕不能被力大無窮的粉雪擊中。要對抗力氣，只能靠速度。

虛刀流最快的招式，便是由第一式「鈴蘭」變招而成的「鏡花水月」——

七花計議已定。

只可惜他這條計定得太遲了，粉雪已舞著雙刀「鎚」，再次攻上前來。

——糟了。

要在這個位置使出「鏡花水月」太難，即便使得出，也難保不對粉雪造成致命傷。粉雪再度斜肩劈落，這回她抓準了距離；七花往旁邊一縮，躲過了她的攻擊。只好再一次拉開距離——

七花的念頭於瞬間一轉。

七花尚有時間思索，正顯示了他與粉雪之間的實力差距。

然而，此時卻發生了七花意想不到之事。

粉雪舉起雙刀斜肩劈落，而七花游刃有餘地躲過了她的攻擊。

躲是躲過了，可是——

「…………！」

雙刀卻緊追著七花而來。

「唔……！」

天生神力的少女，凍空粉雪。

親眼目睹粉雪輕輕鬆鬆地背起自己，又能單手拿起自己拿不動的雙刀「鎚」，七花以為他已經瞭解粉雪的力氣有多麼驚人；然而實際上，他瞭解得還不夠透徹。

七花見粉雪是個孩童，便生了輕慢之心。

刀原本便重，即使不是雙刀亦然。虛刀流棄絕刀劍，便是因為刀過於沉重。

然而刀重亦有其長處。刀的重量能變換為攻擊力，利用離心力，更可轉化為破壞力。天下間最重的雙刀「鎚」自然也有這些長處。

不過——

凍空粉雪並未利用雙刀的重量或離心力。

她倚仗自己的一身力氣，視力學法則為無物，將雙刀操縱自如。

對她而言，中途改變刀的軌跡乃是易如反掌。

渾然無視雙刀的重量與揮動時產生的離心力，天生神力的少女，凍空粉雪！

凍空一族！

無鞘之刀的刀鞘！

「唔……喝啊啊啊啊！」

這回可閃不過了。

情急之下，七花雙臂於胸前相交——這並非虛刀流的招式，只是反射性的防禦罷了。

雙刀「鎚」的粗陋刀身正中七花的左臂。

啪！

七花很久沒聽見自己骨折的聲音了，而這道聲音也在轉眼之間被風雪淹沒。

「停——停手！」

咎女的聲音緊接著響起。

這一瞬間，決定了鑢七花集刀以來的第一個敗績。

■

■

尾張城附郭。自奇策士咎女踏上集刀之旅以來，一直空無一人的奇策士府亦位於附郭中的一角，而這座將門府邸正位於奇策士府的反方向。

在那府邸的一室之中，有一名女子悄然佇立，彷彿在候著什麼人似的。

「蝦夷的踊山是在尾張幕府成立不久之後被劃為災害區——」

那女子突然沒頭沒腦地說道：

「——你可知道真正的理由為何？」

她說這話時並未向著任何人，似是自言自語，但卻有一道聲音回答她。

這道聲音出自於天花板上。

「真正的理由……？不就是因為當地是日本最大的豪雪地帶嗎？」

「現在一般人都這麼想，那個惹人厭的婆娘——奇策士八成也是。不過起初可不是這麼回事，當初被視為災害的不是踊山，而是自古以來住在踊山的凍空一族。」

女子格格笑了起來。

「——舊將軍沒能奪得雙刀『鎚』的理由便在於此，才不是因為刀太重這等既可笑又軟弱的理由。」

女子斷然說道。

饒是奇策士咎女，也得親赴當地去調查雙刀「鎚」及凍空一族的來歷；但這名女子人遠在尾張，卻瞭若指掌。

「凍空一族……」

天花板上之人戰戰兢兢地問道：

「究竟是什麼來歷？」

「誰知道？調查他們的來歷是你的差事吧？據我所聞，他們原本住在神之國出雲，祖先多半是法師……不過這些傳聞也不可盡信。總之，他們並非虛刀流所能應付的對手，要擺平他們可不簡單。不知奇策士有何打算？」

女子笑得更加開懷了。

「話說回來，那婆娘還是老樣子，不按牌理出牌，居然從薩摩直奔蝦夷。她也該聽見我重掌大權的消息了——莫非她壓根兒不把我放眼裡？欸，你認為呢？」

「……屬下不敢妄下評斷。」

天花板上之人更加戰戰兢兢地說道：

「只不過依屬下個人的經驗來看……奇策士有時會做出一些看似未經思考、隨波逐流之事，實在稱不上奇策，反倒是無謀——」

「……看在你這種實事求是的人眼中，自然是如此了。那個婆娘有時的確會碰運氣，不過也正因為如此，所以難纏。我吃過她好幾次虧了。」

女子說道：

「我不怕她，卻知道她不是好相與的。」

「這話怎麼說？」

「套句你的辭兒，隨波逐流——你以為天下間有幾個人能真正隨波逐流？一般人遇上了不順己意的事，便會反抗——不，即便事如己意，人也會掙扎奮鬥，往更如意的方向流。」

「…………」

「可那個婆娘並不掙扎，亦不奮鬥，而是肯定所有現狀。」

「肯定……」

「打個比方吧！」

女子說道：

「假如你有一把天下間最重的刀，你會怎麼使用？」

「呃……您的意思是？」

「這把刀自然算得上是把寶刀——無論任何物事，獨特突出、與眾不同便是種長處。不過……你不覺得這樣的刀很難使麼？」

「…………」

「唯有凍空一族方能使的刀，對旁人而言並無意義……既然如此，有便等於沒有。不光是雙刀『鎚』，絕刀『鉋』、斬刀『鈍』、千刀『鎩』、薄刀『針』、賊刀『鎧』，這五把奇策士成功奪得、送回尾張的刀，有哪一把你會想用？」

「這個嘛……」

天花板上之人似乎不知如何回答。

女子見了他的反應，頗為滿意。

「答案為否，是麼？」

她接著便說：

「不折不損的刀？刀折損了，換一把便是。無堅不摧的刀？何須無堅不摧，只要砍得了人即可。完全相同的刀？何必完全相同，只要差不多便成了。脆弱的刀？要這種刀何用？仿造盔甲製成的刀？這還叫刀麼？」

女子滔滔不絕地說著。

「——集齊四季崎記紀之刀便可奪天下——真虧有人說得出這種鬼話來。在戰場之上，區區一把刀對戰局能有多大影響？至於刀的毒性，持刀便欲斬人——天下間有哪一把刀不是如此！」

女子慨然笑道。

「…………」

「不過那婆娘可不這麼想。對她而言，四季崎記紀之刀不過是尋常刀劍，是她平步青雲的工具；看在我這種識貨的內行人眼裡，她的想法極為愚蠢，卻也極為正確。那個婆娘基本上是個肯定現狀之人，她接納四季崎記紀的古怪，接納所有現實，並面對現實；所以看在你這個實事求是之人眼中，似乎是隨波逐流，無為無謀。不過奇策士若真是無謀之人，早該在真庭忍軍背叛時便玩完了——不，早該在與我為敵之時便玩完了。」

「……不過……」

天花板上之人開口。

「縱使奇策士真有過人之處，只怕碰上凍空一族還是凶多吉少。如您所言，凍空一族天生神力，饒是虛刀流掌門也……」

「我倒也不是不擔心。」

女子說道。

雙重否定。

「不過……應該不成問題吧！要是她在這時候栽了跟頭，咱們反而傷腦筋……歷史應該會給我個方便的。無論如何——」

女子回過頭來，望著掛在壁上的一對寶刀。

那對寶刀乍看之下並不像刀；不，在這個時代，只怕沒人認得出那是刀，也沒人猜得出那是什麼玩意兒。

不過，若是現代人可就一目了然了。

其中一把是轉輪式連發手槍。

另一把則是自動式連發手槍。

不錯，那是不該也不能存在於此時此地的兵器；然而它們卻以一對寶刀之姿出現了！

四季崎記紀的十二把完成形變體刀之一——炎刀「銃」！

「只要這玩意兒在我手上，這段歷史的終局便得回歸到我身上。所以我們只須靜觀其變即可。」

「…………」

「我要否定。」

女子說道。

「我要否定。我和奇策士不同，這才是我的作風——我不肯定任何物事，連我自己都不認同。現實、現狀、現象，限制、限定、限度，日月星辰、森羅萬象，我一概否定。人生如戲，戲如人生；我不肯定，我要用索然無味的言辭戳破這個花花世界。不錯，我便是否定一切，無一例外的否定姬。」

否定姬。

奇策士咎女還不知道她視為最大障礙，數度彈壓的女子竟已坐大至此。

四章 真庭狂犬

過了三天。

鑢七花自集刀以來首次負的傷並不若想像中嚴重，不過是左下臂單純骨折罷了。在不承島上習武二十年來，七花不知骨折過多少次，久病早已成良醫，這回也是靠自己治療。他從咎女的眾多衣物之中取來一件，撕開了充作繃帶，綁上一截木頭固定手臂。頭一天七花手臂腫脹，還發了點兒燒，不過現在病情已穩定下來；從他以往的經驗看來，只消兩星期便能復原。七花鍛鍊方式異於常人，恢復力亦超人一等。

到了第四天。

正當七花在洞穴中取暖，大口咬著粉雪替他備來滋補的燻兔肉時，身旁傳來了一道聲音——

「……對、對不住。」

原來是奇策士咎女。她並未面向七花，而是朝著牆壁說話。

「……唔？怎麼啦？」

「呃……我想了想……這回的事或許是我失算了。」

「…………」

到了第四天，咎女總算開口賠罪了。

但她的態度可不怎麼討喜。

本書基於篇幅問題……或該說倫理問題，刪去了不少內文；其實昨天之前，奇策士咎女可是把七花罵得狗血淋頭。姑且舉幾個不至於影響讀者投票結果的例子──不，只怕舉不出來──她不但毫不容情地對著七花破口大罵，說他「身為我的刀，居然吃敗仗」、「折損的刀便是廢物」，要他「滾回島上」，還拳打腳踢，亂打七花一頓。

七花沒有反駁半句。

因為他覺得咎女並沒說錯；再者，父姊的教育方式也不容他為自己的失敗找藉口。這麼一來，奇策士更是一發不可收拾。她的性子，便是見對手不吭聲就越罵越凶；結果到頭來，最尷尬的反而是她自己。

到了第四天，咎女總算下定決心（不過還是背對著七花）為自己的刻薄言語道歉。

「不，失算的是我。我明知粉雪天生神力，還因為她是個孩子便小看她。」

「是我教爾放輕鬆點兒，當做是陪孩子玩……要求爾不得傷她，也是我強人所難。是我得意忘形，錯把爾的力量當成我自己的力量。」

此時咎女終於回過頭來。

她的臉上確有反省之色，教七花頗感意外。

「可我卻拿爾出氣……或許說出來的話已不能收回，不過……」

「沒關係，我輸了是事實。再說，我的力量便是妳的力量。」

七花原就粗枝大葉，挨咎女幾句罵也算不了什麼。老實說，惡言詈辭咎女幾乎是天天都說，犯不著今天才來賠罪；七花甚至覺得她該多罵一些——當然，不是七花性好被虐，而是他認為自己該受責罰。

比起咎女的惡言詈辭，粉雪於比武後所說的那句話才是傷了七花的自尊。

「啊！啊！啊！對、對不住，儂不是故意的——對不住，儂沒想到七花哥哥這麼禁不起打！」

「…………」

粉雪現在人不在洞穴之中。她帶著雙刀「鎚」打獵去了。

「七花哥哥、咎女姊姊，你們在這兒歇息，儂去獵些肥美的兔子來。」

咎女便是趁著粉雪不在，才開口道歉。

順道一提，無論粉雪獵來的兔子再肥美，咎女不吃肉，並不受用；她倒寧願粉雪去採些野菜來。

……話說回來，沒想到在這種雪山之中也有生物棲息，教咎女難禁驚訝之情。

——其實我也是半斤八兩。

那個婆娘亦然。

「對了，之前沒機會說，其實我一直想向妳道謝。多虧妳及時喊停，我的傷勢才能止於一條手臂。」

「嗯……爾這麼說，我便放心了。」

咎女在七花中了粉雪一擊的瞬間便出聲喝止。或許她是操之過急——不過斷了條手臂，說不定七花還能打下去；若是繼續比武，也許結果會不同。

然而咎女當時並不這麼認為，七花亦然。

「當時如果再打下去，鐵定不是斷一條手臂便能了事……那丫頭仗著蠻力胡打一通，我完全看不出她的路數，應變不及……幸好這回比武是點到為止，假如公證人不是妳，只怕我已經沒命啦！」

即使粉雪無傷人之意，被她那狼牙棒似的大刀一砍，豈能有命？

七花暗想，說不定手下留情的是粉雪。

七花再怎麼厲害，終究只是「地表人」。

「……我違背諾言了。」

「唔？」

「妳要我保護刀，保護妳，還得保護我自己，對吧？可是這回我沒保護好我自己……雖然傷勢不重，可是思及今後，前途茫茫啊！」

「不必過度自責，我已經責備過爾……責備過頭了，對不起……」

咎女似乎是真心懺悔，一再地賠不是。咎女的信條是凡事往好處想及肯定現狀，但不代表她不會失意沮喪。尤其這回她怒極失態，拿七花出氣，更是令她於心難安。

即便如此，她仍強打精神，抬起臉來說道：「單臂骨折——倘若爾的經驗不假，這傷勢半個月便能復原，也算不上是違背承諾。再說我方才也說過了，這回是我失算，不能在爾的頭上扣上不忠的罪名。」

「謝啦！」

七花這三天來被咎女罵得狗血淋頭，一直暗自擔憂咎女是否真會要他捲鋪蓋走路，聽了這話才總算放下心中的大石頭。

不過他卻也不能放心高興。

無論是誰失算、誰輕敵，輸了便是輸了。

奪不走該奪的刀。

「……也罷，在本奇策士看來，之前太過順遂，此時吃場敗仗反倒好，免得一路常勝而掉以輕心。就這層意義上而言，七花，爾敗得很好。」

「這種說法還真教我高興不起來。」

七花苦笑。

「不過啊，咎女，老實說，就算妳打一開始便命令我全力以赴，准我殺了她──」

「…………」

「而我也完全未輕敵，還是不見得能勝過粉雪。說不定我使出真本領，反而逼得粉雪用上全力，那可就不是這點兒小傷能收場的了。」

「……爾倒是很抬舉她。」咎女說道。「其實武功高過一定程度之後，我便分不出高下優劣了；不過那孩子看來並不懂武功，爾卻如此抬舉她？」

「她的確不懂武功。」

七花斷然說道。

「而且是個徹頭徹尾的外行人，只怕連一般村姑的防身術都不會。她那不是武功，而是打獵的招數。比武和打獵不一樣，可是棘手的程度卻是一樣的……老實說，這種厲害得沒道理的人最難纏啦！」

任憑咎女如何冰雪聰明，她畢竟看不穿人心，不知道此時的七花腦中浮現了某個他極為熟悉的人物。

無作無為，只是懶懶散散地過活，便能比誰都厲害的不世天才。

七花見了凍空粉雪，便如見了那個人。

七花抬舉粉雪，絕非是因為自己敗在她的手下，而是粉雪的天生神力值得他抬舉。

真庭蝙蝠、宇練銀閣、敦賀迷彩、錆白兵、校倉必。

粉雪不同於過去任何一個變體刀之主，她擁有與生俱來的卓絕才能。

「……回過頭來想想，還真教人膽寒啊！」咎女說道。「若真如爾所言……不過一個十來歲的孩子便如此厲害，不知凍空一族的成年人力氣有多麼驚人？」

咎女並不知道尾張幕府劃踊山為一級災害區的真正理由，卻已相當清楚凍空一族的天生神力有多麼可怕。

「難以想像雙刀的原主——村長的長子力氣會有多大。」

「粉雪說她和其他孩子相比，力氣還算小的呢！難怪我在她眼裡只是一個健壯點兒的地表人。好啦，接下來該怎麼辦？咎女。」

「唔？」

「妳鬧脾氣的這三天，咱們都沒說上話——妳該不會放棄集刀了吧？」

「那當然……唔？爾方才說我鬧脾氣？」

「我沒說。」

七花學會了說謊。

咎女頗有不滿之色，但她自省這三天以來的態度行止，姑且不置一辭。

「總之咱們還得要粉雪幫忙把雙刀『鎚』送回尾張，所以不能傷她性命的條件還是沒變，對吧？刀那麼重，也不能趁粉雪入睡時偷來；所以待我左臂復原，勢必得再打一場，證明我的『資格』。當然，我自會全力以赴，不過妳也得像對上錆白兵時那般，替我想些計策才成。」

「……哦！關於此事，七花。」

咎女說道。這三天來，她可不光是鬧脾氣而已。她破口大罵，拳打腳踢，腦子裡卻也同時擬定奇策，籌劃著今後的應對之方。

她斟酌各種可能性，得出了一個結論；而得出這個結論之後，才發現其實她打一開始便該察覺了——只能說當時連她的腦袋都給凍僵了，跟不上突如其來的變化。

幸好現在發覺還不算遲。

是咎女失算，害得七花斷了左臂；不過咎女說在此時吃場敗仗反倒好，並非嘴硬，而是她的真心話。

這是個很好的教訓。

「我想無須與粉雪再戰了。」

「咦……？」七花聞言大吃一驚。

對他而言，再戰乃是勢在必行，他也想趁機雪恥。

七花天性懶散，不拘小節，但絕非不好強；事關勝敗，他反而像個小孩一樣拗。

勝敗乃是兵家常事，但他可不能忍受自己從頭輸到尾。

「這話是什麼意思啊……咎女。」

「別激動，這是我得出的結論。」

「可是我若不和粉雪一較高下，證明我夠格擁有雙刀『鎚』，不但咱們得不到刀，也不能拜託粉雪幫忙啊！」

「就是這件事，七花。」咎女為了讓七花冷靜下來，刻意放慢語調。「我猜『資格』一事，是那孩子撒的謊言。」

「……咦？」

「其實這事便是用膝蓋想也能明白。七花，爾沒這麼想過麼？天下間除了凍空一族，還有誰夠格當雙刀『鎚』的主人？」

「…………」

四季崎記紀選為刀鞘的一族。便如真庭蝙蝠將自己當作絕刀「鉋」的刀鞘一般，能成為刀鞘，正代表夠格當上變體刀的主人。

「我是想過。」

「但書……雖然聽來有點兒古怪，不過應該是真有其物。我猜粉雪便是看了這份但書，才知道凍空一族扮演著刀鞘的角色；不過『資格』一事，卻是她信口胡謅。」

「可是……她何必撒這種謊？」

「因為她想玩。」

咎女嘆道，為自己未能看穿這孩子氣的謊言而深感慚愧。

「她只是希望有人陪她玩……爾成日練武，或許不然；不過一般這個年紀的孩子，不分男女，都愛打打鬧鬧。」

「打、打打鬧鬧——」

七花也曾有過這個念頭。

與粉雪交手時，他覺得粉雪彷彿玩耍一般，一臉開心，樂在其中。

「當然，對凍空一族而言，雙刀的確是把貴重的寶刀；刀由整個村子裡最有權勢的人——村長的嫡長子保管，可見一斑。不過粉雪是個孩子，不明就裡，不懂雙刀『鎚』的價值；對她而言，雙刀便是送給我們也無妨。」

「是啊！她看起來是沒什麼氣概或使命感……那她為何要胡謅『資格』？」

「因為她想玩。爾不也說過麼？」

咎女盡量不帶情感，說道。

「那孩子很寂寞。」

「……」

「若是她把雙刀『鎚』交出來，我們一定會下山離去；這麼一來，那孩子又得落得形單影隻了。她才剛因雪崩而失去家人，雖然表現得開朗活潑，其實心裡還是很寂寞的。」

「所以……她是為了留住我們，才撒這種謊？」

「很可愛的謊言，是不？當然，你斷了一條手臂，或許不這麼想吧！」

「……我的確無法理解，不過倒不是因為被她打斷了一條手臂。既然她那麼寂寞，下山不就得了？」

「爾應該沒忘了因幡的宇練銀閣吧？人在同一個地方住久了便有感情，不會輕易離開。再說……那孩子稱呼我們為地表人，也知道地表人禁不起打，可見凍空一族與其他村落並非全無來往。」

「嗯，沒錯，所以她只要到有來往的村子去──」

「爾的腦袋裡一片和平，真讓人羨慕啊！」

咎女的語氣彷彿憐憫著七花的單純。

「爾以為一般的村子能接納她這樣力大無窮的少女麼？」

「……不能嗎？」

「她鐵定會被當成白虎星降世。想必粉雪自己也心知肚明，所謂的來往，不過是這種程度而已。好不容易有兩個冒失鬼自動闖上山，那孩子自然想千方百計地留人了。『資格』一事，便是為此而信口胡謅的。」

咎女說道。

「粉雪認為只要她扣住雙刀，我們就不會回去。」

「……我原本便疑心她是否手下留情，看來是有這麼一回事啦！現在我斷了一條胳膊，短時間內不能再戰，只能乖乖留在這個洞穴裡了。」

「我想她的城府並沒這麼深……她看來也沒這麼聰明。總而言之，知道原委以後便好辦了。雖然對粉雪過意不去，但我們是成年人，不能老陪著一個孩子圓她那可愛的謊言。」

「……………」

「所以無須再戰了。若是再打一場，卻害得爾身負無法復原的重傷，那可不妙。爾還得再奪六把刀呢！」

「不，可是——」

「爾想再打一場麼？」

「…………」

說不想，那是違心之論。不過七花畢竟只是一把刀，不能選擇砍殺的對象。若是他挑選對象，便算不上一把刀了。

「我懂爾的心情。爾雖是一把刀，卻也是一個人，總有七情六欲。」

咎女說道。

她這話同時暗指前次的校倉必之戰。

「不過，如我方才所言，為了讓這次的失敗成為教訓，還是維持敗績為宜。這麼做有利於爾，當然也有利於我。」

咎女如此作結。

七花當然不是全無意見，但對他而言，主人奇策士咎女的命令絕不可違抗，既然她已打定主意，七花只能遵從。

至於這決定對自己是否有利，又是另一回事了。

只要對咎女有利，七花便無異議。

「如有時間，給爾機會挽回名譽、洗刷汙名也無妨；不過很遺憾，我們可不能在這兒乾耗……爾還記得上個月真庭鳳凰所說的話麼？」

「唔？『嗟了』是『嗟嗖』之誤那件事？」

「嗟了！」

奇策士賞了他一記直拳。

雖然奇策士咎女素以不攜兵刃、不習武藝為信條，可是她與七花同行以來，迎頭棒喝的本領倒是越來越高明。

「不是那件事。是否定姬——他提過這個人吧？」

「……？……不，我沒印象。」

「是麼……」

咎女恍然大悟，難怪他先前一次也沒問起。起先咎女猜想他是顧及自己的心境，故意避過不提；不過仔細一想，七花連事關咎女身世的大事都能說溜嘴，豈能有如此細膩的心思？

「爾已知道我的身世，我也該說明了。否定姬乃尾張幕府的稽覈官。」

「稽覈官？」

「總之是種不能張揚本名的差事……粉雪差不多要回來了，詳情以後再談吧！總之她是個棘手的女人，對我早有懷疑，屢次與我衝突……其中幾次還害得我險些被能黜。」

「我不知道稽覈官是幹什麼的……不過幕府的人懷疑咎女，也沒錯啊！」

「慚愧。唉，其實事情全起因於我的疏忽，不過也不光是如此。」

咎女略微支吾，又道。

「說來實非我願，當初我與那婆娘較勁，曾借助真庭忍軍之力。」

「哦……所以那個叫鳳凰的才會特地來通風報信啊！」

「如今否定姬東山再起，我們可不能再拖拖拉拉，得盡早說服粉雪，取得雙刀『鎚』，趕回尾張。」

「那倒是……」

來到蝦夷乃是預定外之事。

無論如何篡改記憶，這都是不爭的事實。

「既然『資格』一事純屬謊言，也不必和粉雪比武啦……她打的是這種算盤，就算再打一場而我得勝，她也不見得會乖乖交出雙刀『鎚』。不過，接下來該怎麼辦？就算戳破她的謊話，最後也只是落得各執一辭，沒完沒了吧？」

「爾以為我是何許人也？我可是奇策士咎女啊！靠著智謀策略與三寸不爛之舌當上了尾張幕府高官的奇女子。這種各執一辭的場面，正是我發揮本領之處。要駁倒一名孩童，根本是易如反掌。」

「……妳又散發著壞人的氣息了。我最怕妳這樣啦！」

七花苦著臉，看來是真的畏懼咎女這副模樣。

「妳真的辦得到嗎？不光是要取得雙刀『鎚』，還得讓粉雪幫忙把刀送回尾張呢！」

「當然辦得到，我已經想出了幾條妙計，應該能成功。當然，這事也得尊重粉雪的意願，不過我這些妙計應能同時解決她的問題。」

「哦……？」

「或許是我多管閒事，不過俗話說得好，送佛送到西天，總不能放任一個小丫頭孤伶伶地在山上過活。」

咎女顯得百感交集，說了些有違平時作風的話語之後，便要將對付凍空粉雪的幾條「妙計」告訴七花；正當此時——

「啊啊啊啊啊啊啊！」

洞穴之外傳來了尖叫聲。

■■

奇策士咎女對於凍空粉雪的一番推測，可說是八九不離十——不，即便說她猜得半分不差，也不為過。

粉雪的確撒了謊。

即便凍空一族的族規裡真有「夠格者方能得雙刀『鎚』」這一條，年幼的她也尚無堅守族規的決心。

既無氣概，亦無使命感。她只是個生在凍空一族的尋常孩童罷了。

所有物事在她眼裡，只有實用與否，並無額外價值。

物品便是物品，刀便是刀。

雙刀「鎚」——天下間最重的刀，活脫是個鈍器。

粉雪並不覺得它是打獵的好工具。要打獵，徒手便綽綽有餘。

族人多麼珍視這把刀，她不知情——事實上，不光是年幼的她，除了村長的嫡系子孫以外，沒人知道雙刀「鎚」的由來。對粉雪而言，這把刀並不是什麼寶貝。

有人想要，給他便是了。

所以當她巧遇的地表人——奇策士咎女與鑢七花……「咎女姊姊」和「七花哥哥」表明是為那把刀而來時（當時她還不識得雙刀），她便自告奮勇，去替他們取來。對她而言，這不過是舉手之勞。

因為她寂寞。她想討他們歡心。

她只想有個說話的伴兒，只想幫他們的忙。

她並無不良居心，可說是出於單純的好意。

然而，待粉雪回到村子，發現那把疑似雙刀「鎚」的刀時，她突然想到——

如果把這玩意兒給了他們……

如果把這玩意兒給他們，他們便會下山，到時自己又是孤伶伶一個人。

若將她這個念頭歸咎於四季崎之刀的毒性，未免過於牽強附會；倒不如說是一個月來的孤獨，將她逼入了死胡同。

這一個月以來——離開村子，索居於洞穴之中的一個月以來，她一直很寂寞。

她與險些凍死的咎女與七花相遇，或許並非巧合。若說是巧合，咎女與七花的運氣也未免太好了。

移居洞穴以後，粉雪或為了打獵，或為了尋找更好的落腳處，總是找盡了藉口外出——宛如為了找人似的。

又宛如為了與人相遇。

就算只是一時的邂逅也好——粉雪心知肚明，知道自己離不開這座山。雖然她還是個孩子，畢竟仍是凍空一族之人，與地表人是處不來的。

村裡的大人也常告誡她：離開這座山，凍空一族便活不下去。

所以粉雪不能下山。猶如被鎖鍊鍊住一般，下不了山。

粉雪只能等待有人上山的一天。

一個月──看在成年人的眼裡並不長，可是對於只活了十年的粉雪而言，卻是足以匹敵永遠的漫長時光。是以粉雪見了險些被活埋的咎女與七花之時，心裡格外欣喜，決定盡力款待他們。

她知道自己與地表人處不來，但她仍想表達自己感激他們上山來的心意。

後來，粉雪萌生了依依不捨之心；她希望咎女二人能多待一些時日，即便是一天也好。

所以粉雪才撒了謊。她深知要玩打鬧遊戲，地表人決計不是自己的對手。凍空村裡的孩子玩打鬧遊戲時，粉雪往往是輸多於贏，但還不至於輸給地表人。

果然如她所料。

只不過她原本無意傷人，卻不慎打斷了七花一條手臂；這全是因為七花的武功比她料想的更為高強之故。

粉雪滿心愧疚。

雖然一想到咎女二人在七花的傷勢痊癒之前不會離去，粉雪的心裡便有點兒高興，但她畢竟如咎女所料，不是個城府深密的孩子。

她知道不能再這麼瞎攪和下去。

——過一陣子，儂還是老實向他們賠不是吧！粉雪如此想道。

不消咎女點破，粉雪此時便已打算主動招認。

即使他們生氣，還是得好好向他們賠罪；賠過不是以後，再把雙刀「鎚」送給他們。凍空一族是不是刀鞘，粉雪不清楚；反正她也用不著這把刀。

粉雪一面揮動雙刀，一面想道。她試著用雙刀打獵，果不其然，並不好用；兔子是獵著了幾隻，但效率還不及她空手打獵時好。

粉雪決定奉上雙刀，就當作是答謝咎女與七花陪自己作伴。

她只希望老天再多給她一點兒時間。

至少在七花傷勢痊癒之前，讓她再與他們相處一段時間。今後她會帶著這份回憶，忍受孤寂，獨自生活，直到下一個上山的人出現。

她只希望老天再多留一點兒美好回憶給她。

她願盡心盡力款待咎女二人，只要能留下足以抹滅那可怕記憶的美好回憶——

「……咦？」

帶著雙刀「鎚」打完了獵，粉雪一手拿刀，一手提著三隻兔子，正欲返回七花與咎女相候的洞穴之時，一道人影突然出現於她眼前。

那人並非屏住氣息悄悄接近，亦非屏住氣息潛伏多時，而是根本沒給粉雪察覺的時間——換句話說，那人乃是以迅雷不及掩耳的速度欺至她身前。

欺至粉雪身前的乃是名忍者。

身著無袖忍裝，鎖鍊纏繞全身。

而那忍者的臉孔、脖子、上臂至指尖——凡是露出於衣物之外的肌膚之上，俱刺滿了刺青；那刺青並非文字，亦非花紋，倒像胡亂攀繞的黑線。

想必忍裝之下的刺青亦是一般模樣。

那是個將長髮束於腦後的女子。

「幸會！我是真庭忍軍十二首領之一——真庭狂犬！」

狂犬露出了凶惡的笑容，開始行動。

五章　飛花落葉

■ ■

「啊啊啊啊啊啊啊！」

聽到這陣尖叫，七花與咎女想也不想便衝出洞穴之外；白茫茫的飛雪一時遮住了他們的眼，不過今天的雪勢尚不到伸手不見五指的地步。

凍空粉雪的背影映入眼簾。她的右手拿著雙刀「鎚」，腳邊躺著三隻幾乎與雪同化的兔子，應該便是打獵的戰果——不過問題不在於此。

問題在於按著腹部蹲在粉雪跟前的女子——七花與咎女都不認識她。

不過她那身特殊的忍裝，七花與咎女可是再熟悉不過。

過去背叛了奇策士咎女，眼下暫為盟友的——

「真……真忍！」

七花的叫聲引得粉雪回過頭，她露出不知如何說明的困惑表情，問道：

「呃……她……是你們的朋友麼？」

「不、不是……」

「她突然說些莫名其妙的話，鬼鬼祟祟靠了過來，我就反射性地迎擊了——」

「…………」

七花與咎女並未回答粉雪的疑問——他們根本不認識這名女子，無從答起——只是將視線移向滿臉痛苦、蜷曲在地的女子。

她是真庭忍軍之人這一點，決計錯不了；不過她的模樣也未免太古怪了，不但袒胸露背，身上還刺滿了既不似圖樣又不像花紋的黑色刺青——

「她沒說自己是誰麼？」咎女慎重地詢問粉雪。「這婆娘應該曾表明身分吧？」

「呃，呃——」粉雪略微思索，說道：「我記得她說她是真庭忍軍十二首領，真庭……真庭狂犬……」

「……嗯，是麼——」

咎女對這個名字有印象。

雖然咎女只聞其名，未見其人，卻知道真庭狂犬在真庭忍軍十二首領之中是個重要角色，只是沒想到竟是個女人。十二首領之中竟有女人，教咎女略感

意外。

不過，十二首領之一的真庭狂犬何以在此地？她所為何來？真庭忍軍與咎女上個月才剛結盟──

「……哼！俗話說得好，忍者口，無量斗；是我愚蠢，竟將忍者的結盟之議當真了。」

咎女冷眼看著真庭狂犬，恨恨說道。

「話說回來，想暗算別人卻被反將一軍，也真夠窩囊的了……粉雪，這婆娘可有任何古怪的舉動？」

「唔……她四處打轉，動作好快，不過儂給了她一擊，她就安分下來了。」

七花聞言，暗暗點頭。

看來這個忍者是以速度見長，拿速度來對抗力氣，卻吃了癟；與四天前的七花如出一轍。

粉雪──凍空一族的天生神力，可不是這麼好對付的。

超越速度的力氣──越想越是種威脅。

「能隻身登上踊山，確實有兩把刷子，不愧是真庭忍軍。好哇！這筆帳，我倒要看看真庭鳳凰要怎麼跟我算？」

「一出場就被打趴，讓我想起真庭白鷺……」

「白……白鷺……」聽見了真庭白鷺四字，真庭狂犬身子一震，抬起臉來。她瞪著七花與咎女，視線極為淒厲，彷彿能貫穿人一般，銳利無比。「白鷺……蝙蝠……食鮫……蝴蝶……蜜蜂……螳螂……！」

「……？」

「白鷺……蝙蝠……食鮫……蝴蝶……蜜蜂……螳螂……白鷺……蝙蝠……食鮫……蝴蝶……蜜蜂……螳螂……白鷺……蝙蝠……食鮫……蝴蝶……蜜蜂……螳螂……！」

狂犬一面喃喃自語，一面掙扎著起身；然而她腹部過於疼痛，終究未能起身，又倒在雪地之上。

「奇策士妹子，妳殺了我不少弟兄啊！」她趴在雪上說道：「害得真庭忍軍元氣大傷。」

「……那又如何？」

狂犬的話語絲毫未能撼動咎女，只見咎女神色自若，說道：

「我沒興趣聽忍者訴苦，更沒義務聽一個背叛者的怨言。還是怎麼著？只要我這麼說妳就滿意了麼？要是你們沒背叛我，也不會落到這般田地——」

「嗚，嗚啊啊啊啊啊啊啊啊啊啊啊啊啊啊！」

咎女的話語卻大大地撼動了狂犬，激得她一鼓作氣，站了起來。

待狂犬起身，才知道原來她個子頗為高䠷，足可與敦賀迷彩一較高下。

「我絕不饒妳，我絕不饒妳，我絕不饒妳，我絕不饒妳——我要殺了妳，替弟兄報仇！我才不管什麼同盟，殺了妳殺了妳殺了妳殺了妳殺了妳殺了妳殺了妳殺了妳——我一定要殺了妳！」

「……這個忍者還真不像忍者，喜怒全表現在臉上。」

咎女不可置信地說道。

事實上，真庭忍軍十二首領之中死在鑢七花手下的目前只有真庭蝙蝠一人，方才狂犬所說的其他五人之死與咎女、七花並無干係（真庭蝴蝶、真庭蜜蜂及真庭螳螂三人，咎女及七花更是連見也沒見過）；不過一來咎女與鳳凰結盟之時已誇稱白鷺及食鮫是死於自己手下，二來對狂犬解釋並無意義，因此咎女並未辯解。

再說，和狂犬講道理也沒用。

因為狂犬早已把委託真庭忍軍集刀的咎女當成一切的元凶。

「瞧妳來勢洶洶，只可惜妳現在變成這副德行，恐怕是殺不了我了……算妳倒運。」

「就是說啊！你們真忍的運氣怎麼老是這麼差呢？呃——我說狂犬啊，妳也別沮喪，因為連我都輸給這丫頭。」

粉雪的威脅實在可怕。

不光是虛刀流第七代掌門，連真庭忍軍十二首領之一都敗在她的一擊之下——真是令人驚嘆的凍空一族。能夠避免再戰，或許算是七花僥倖。

不，若論僥倖，或許狂犬在找上七花之前先碰上了粉雪，才是七花僥倖。

現在七花斷了手臂，可不想在這種時候對上真庭忍軍的首領。

「……哦？」然而，聽了七花之言，狂犬卻笑了。「是麼？這可真是個好消息。」

「…………！？」

「其實我很擔心……用這個身子能勝過虛刀流的小兄弟麼？畢竟這個身子除

了快一無是處——」

狂犬一面喃喃說著莫名其妙的話語，一面朝著眼前的粉雪伸出了手。

那動作極為徐緩，看起來並不像是攻擊，倒像是求助一般。

「……咦？什麼事……？」

因此秉性純良的粉雪不禁伸出了未持雙刀「鎚」的手，握住了狂犬的手。

此時莫說七花，連咎女都錯估了形勢。說來也難怪，他們深知凍空粉雪力大無窮，狂犬不過是握住她的手，能有什麼作為？

然而狂犬卻真有了作為。

狂犬的手微微使勁，粉雪反射性地掐住她的手。

這是面對不知名的恐懼時產生的反射動作。

然而，為時已晚。粉雪的力氣未能及時阻止狂犬。

「真庭忍法——狂犬發動！」

說時遲那時快，真庭狂犬全身的刺青便如生物一般開始移動，爬過狂犬的身軀，順著狂犬的左手移向凍空粉雪的左手。

接著，黑色刺青爬向凍空粉雪全身。

「啊，啊啊啊啊啊啊啊啊啊啊啊啊啊啊啊啊啊啊啊啊啊啊啊！」

「啊，啊啊啊啊啊啊啊啊啊啊啊啊啊啊啊啊啊啊啊啊啊啊啊！」

粉雪與狂犬同時咆哮，猶如共振一般。

刺青亦馬不停蹄地從狂犬身上奔向粉雪。

「這……這是怎麼回事？」

「忍、忍者！」

七花與咎女已知事有蹊蹺，卻束手無策，只能眼睜睜看著事情結束。

不消片刻，狂犬身上的所有刺青都移到了粉雪身上。

真庭狂犬——不，真庭狂犬原來的身體便如空殼一般，虛軟無力地倒地。

接著，凍空粉雪轉過身來。

原為凍空粉雪的軀殼轉過身來。

她的身上已布滿了刺青。

「讓你們久等啦！奇策士妹子，虛刀流小兄弟。」

那聲音亦是凍空粉雪的聲音，但粉雪的純真無垢與天真爛漫卻是半點兒不留。

「再來過吧！我是真庭忍軍十二首領之一——真庭狂犬！」

唯有真庭狂犬那凶惡粗暴的笑容宛如剪貼一般，浮現於那張臉孔之上。

■　■

「話說回來，鳳凰大哥啊，說來慚愧，我身為獸組統領，卻到現在還搞不懂狂犬那傢伙的忍法是怎麼回事。」

真庭川獺與真庭鳳凰終於來到了一級災害區——蝦夷踊山，他們以同樣的速度奔馳於雪地之上，一面交談。

「——你和她相識很久了吧？這是個好機會，你就替我解釋解釋吧！」

「說吾與狂犬相識已久，並不正確；狂犬的確早識得吾，然而吾卻不然。」

鳳凰平靜地說道：

「幽魂？」

「『傳染狂犬』——其實她乃是一縷幽魂。」

「對汝而言，應該不難懂才是……因為狂犬的忍法與汝的忍法便如表裡。幽魂……其實真庭狂犬這個人早已死了。據說她是創立真庭里的忍者之一，不過是真是假不得而知。」

「哦？我都不知道呢！」川獺呵呵笑了數聲。「早點兒告訴我不就得了？真見外。」

「狂犬頗以幽魂不散的自己為恥——看在吾等眼裡，只是種無謂的芥蒂而已。正因為如此，她比別人更加重視弟兄的生命；只不過身為忍者，這卻是個問題。」

「因為她是幽魂，所以能自由自在地從一個身體移動到另一身體？這忍法還挺方便的。」

「很遺憾，並非自由自在。她能轉移的對象只限女人，無法轉移到吾或汝身上。十二首領之中，她能夠附身的只有鴛鴦一人。」

「哦……這事我又不知道了，她的祕密還真多。不過就算如此，能附身到別人身上還是很令人羨慕啊！聽你這麼說，她和我的忍法確實完全相反。」

「不過汝的忍法卻是天下間最適合集刀的忍法，可謂各有千秋。話說回來……忍法狂犬發動的可怕之處，確非三言兩語便能道盡。」

「是啊！蝙蝠那小子的忍法骨肉雕塑雖能模仿他人，但畢竟只是模仿；可附身就不同啦！連記憶都能納為己有……和我的忍法當真是完全相反。」

「……川獺，依汝所見，狂犬可會附身於奇策士？」

「這就難說啦！若能得到奇策士的記憶，確實有助於集刀……不過，鳳凰大哥，你並不希望這種情況發生吧？」

「嗯，吾打算再觀察那雌兒一陣子。不過汝也明白，附身於奇策士，便等於自廢武功。那雌兒手無縛雞之力，因此狂犬在附身於她之前，須得先擊敗虛刀流掌門才成……川獺，依汝所見……」

鳳凰再次問道。

「連汝組上的蝙蝠——能使用忍法骨肉雕塑的蝙蝠都死在那個毫無實戰經驗的鑢七花手下，汝認為現在的狂犬能勝過他嗎？」

「……恐怕沒辦法。」川獺略微思索，答道。「狂犬為了前一項任務，挑了現在這個除了快一無是處的驅殼；而她一路上應該也沒閒工夫去換其他的身體……」

「嗯……照這麼看來，或許會落到最壞的可能性——狂犬死於虛刀流掌門手下，同盟亦告破裂。不，不對……」

鳳凰提及了最值得憂慮的可能性。

「不該光顧著狂犬，而疏忽了雙刀『鎚』的主人……倘若雙刀之主是女人，便有另一種可能性。」

「雙刀的主人——據企鵝老弟所言，乃是天生力大的凍空一族。」

「企鵝的情報從未有誤。雙刀『鎚』之主——凍空一族，能將千鈞之重的雙刀運用自如，若有神力——」

「蝴蝶死了真是可惜，有他的忍法足輕，多重都不成問題……這麼一想，雙刀的主人若是女人，豈不正好？反正狂犬不附到雙刀之主或其他凍空一族的人身上，雙刀便到不了咱們手裡。啊……不過如此一來，同盟便宣告破裂……」

「無論如何，這回真庭忍軍是無法全身而退了……總歸一句話，川獺，現在吾等能做的只有追上狂犬。」

「是啊！只不過都到這兒來了還沒看見人影，或許追不上啦！」

語畢，兩名忍者的身影漸漸隱沒於雪中。他們的疾奔終究是徒勞無功，因為事情已然發生——

只能靜待落幕。

■■

「呵呵呵呵呵……哇哈哈哈哈哈哈哈哈哈哈哈哈哈哈哈！」

附身於凍空粉雪的真庭狂犬高聲大笑，雙刀「鎚」一揮，竟把前一個軀殼的腦袋砸個稀爛。

「好！好！好！全身充滿了力氣——這個身體真是太好了！比我用過的任何身體都好——凍空一族是吧？雖然沒聽過，不過實在是太好了！」

狂犬彷彿忘了七花與咎女的存在，也忘了弟兄被殺之恨，只是一味感嘆著凍空粉雪的身體性能。

她相當感動，幾乎要感激涕零。

幽魂——用個俗氣可笑的說法，便是沒有軀殼的孤魂野鬼；對於形同孤魂野鬼的她而言，優異的軀殼自然是價值非凡。

更何況凍空一族的身體是如此卓絕群倫。

狂犬不斷地破壞前一個軀殼，試驗新身體的性能。

「啊哈！啊哈！啊哈！啊哈！啊哈！啊哈！啊哈！好！好！好！這身體真是太好了，太好了！沒有界限！我、我終於找到了理想的身體！這、這還是個孩子對吧!?長大了以後不知會變得如何？」

「……咎女。」七花望著發狂似地持續破壞軀殼的狂犬，低聲對身旁的咎女說道：「我先問妳一聲……那個總可以殺了吧？」

「…………」

咎女並未立即回答。

然而不消七花開口，咎女的心中早有主意。

真庭忍法——狂犬發動。

發生於眼前的現象便是一切，無須追根究柢，徒讓狂犬得意。

雖然不知原理為何，總之便是種附身用的忍法。

這個事實即是一切。

咎女雖不情願，卻不得不承認這回自始至終都失算了。

唯有凍空一族才拿得起、使得動雙刀「鎚」，但如今凍空一族唯一的倖存者卻讓真庭忍軍給附身了，這下子咎女已是束手無策。

給人逼進了死胡同。

既然如此，至少得殺了真庭狂犬，以免四季崎記紀的完成形變體刀落到真庭忍軍手上。

除了毀去凍空粉雪的軀殼，別無他法。

這就是結論。

「……七花。」

「什麼事？」

「爾殺得了她麼？」

「唔……嗯，的確，我現在斷了手臂，要取勝並不容易……不過就算我好手好腳，也不見得能贏，所以意思也差不多啦！」

「…………」

咎女說這話，自然不是擔心七花的左臂。

凍空粉雪在咎女與七花遇難之時相救，乃是他們倆的救命恩人；雖說現在操縱身體的並非粉雪本人，雖說粉雪曾以謊言相欺，但面對三天來朝夕相處的粉雪，七花可下得了手？——這才是咎女的言下之意。

然而七花卻答得毫不遲疑，完全沒去理解咎女之意。

不，或許他是無法理解。

刀不選擇砍殺的對象——

「好吧！七花。」咎女心意已決，說道：「不是可以殺，是非殺不可。讓她解脫吧！」

這麼做對粉雪較好——這句話咎女沒說出口，因為太過虛情假意了。

在他們一問一答之間，先前的軀殼已被真庭狂犬砸得稀爛，交雜於雪塊之中，消失得無影無蹤。

狂犬仍然笑著。

「好，真是太好了！對了，若是我到凍空村裡找個成年女子附身，豈不更好……唔？咦……怎麼，凍空一族……全滅了？就在上個月？」

狂犬終於停下了手，略微思索，舉止與方才的粉雪如出一轍。

她竟連記憶也能納為己有？咎女得知此事，心下不由一驚。七花想起了同為真庭忍軍首領的真庭蝙蝠所用的忍法——骨肉雕塑；他記得那個忍法無法模彷內在。

照這麼看來，莫非狂犬發動比骨肉雕塑更為棘手……？

「咦……慢著，這是什麼記憶啊……？」

狂犬神色大變。

「出了什麼事？怎麼會變成這樣？滿目瘡痍，活像給人掀過地皮似的。」

一味沉醉於凍空一族身體性能的狂犬竟臉色發青，不斷地喃喃自語。

「這、這到底是怎麼回事？出了什麼事？村子——凍空一族——」

「喂！」七花並不理會狂犬，不耐煩地嗅道：「少在那兒胡言亂語了！妳是來殺我的吧？我奉陪！真庭狂犬，妳別想附到我身上。」

「……也罷。」

狂犬無視於七花，喃喃說道。

「之後再教川獺或企鵝去查個明白便成。嗯……你剛才說什麼？『別想附到我身上』？……便是你求我，我也不肯！反正我本來就不能附男人的身。」

「啊？是嗎？」

「因為男人和女人的基因不同……啊，說了你也不懂。從這個身體的記憶看來，你的腦筋似乎很差。」

「居然連一個十歲的小孩都這麼看待我……」

七花略感傷心。

但現在並非傷心的時候。

七花擺出起手式——第一式「鈴蘭」，與四天前如出一轍。

七花左臂雖斷，擺個起手式倒不成問題，進招時應該亦無大礙。若有問題，便是出在防守之上；換句話說，只要別被直接打中負傷之處，應可如平時一般施展手腳。

——意思果然差不多。

在粉雪的天生神力之前，防了等於沒防；這回只能和宇練銀閣之戰一樣，放棄防守，將重點放在閃躲之上。

「好了，接招吧——白鷺、蝙蝠、食鮫、蝴蝶、蜜蜂、螳螂……我馬上把你們的仇人送去陪你們——你們便把他的肉分著吃了吧！」

狂犬掄刀攻向七花。若要以筆墨描述她的招式，便和七花的起手式一樣——與四天前如出一轍；不過就細微動作上，卻與四天前截然不同。

那決計不是門外漢所出的招式，而是嫻熟的忍者功夫。

「告訴你一件事，虛刀流掌門——我不光是能窺視記憶，還能繼承記憶！我附身過的人何止千百，個個都是武功高強的俠女！你練了幾年武，我不知道；但我的經驗絕對高出你幾千倍！」

「……嗚！」

我只練了二十年的武！

實戰經驗還不到二十回！

七花內心如此大叫，下意識地護住左臂，使出由第一式轉化而成的絕招「鏡花水月」。這招連對不懂武功的粉雪都不管用，對上身經百戰的狂犬又豈能奏效？然而七花除了這招，再也想不出其他對付粉雪神力的方法了。

——唔？

然而，七花打出絕招之前，心念一動，竟收起絕招，專心閃躲狂犬無情的攻擊。他在雪地之上打了個滾，大膽地拉開距離。

「……啊？怎麼，你只會夾著尾巴逃跑啊？真窩囊，這樣還配稱為劍客麼？你在打什麼鬼主意？」

狂犬單手掄著雙刀「鎚」，從容不迫地轉向七花。她並不急著追擊，而是好整以暇，以報仇及試驗粉雪的身體性能為樂。

「沒什麼……只不過發現了一個異常之處。」

七花愣頭愣腦，竟老實回答狂犬的問題。

「所以想端詳仔細以後再出招……」

「啊？」

狂犬以為七花裝瘋賣傻，怒氣全寫在臉上。她的情感起伏劇烈，著實有失忍者的風範。

或許便是因為她情感起伏太過劇烈，死後才會陰魂不散，依舊留在人世。

至於這是否為她所願，又是另一回事了。

「端詳……？婆婆媽媽！你就去端詳你的屍體吧，木頭人！」

狂犬橫刀掃來。有了粉雪的神力相助，狂犬的腳步格外紮實沉穩，是以這一擊來得劇力萬鈞，石破天驚。

七花若是挨了這一刀，身體定會被砍為兩半。

不過——

「……這時候只要這麼著，再這麼著——」

若未擊中，便只是記空揮。

七花以後腳為軸，一個旋身，猶如精密的齒輪一般，閃過橫掃而來的雙刀「鎚」。此時他背對狂犬，但趁雙刀揮空之際，他又順著旋身之勢轉回正面，浮起的前腳化為腳刀，直劈狂犬側腦。

他的腳刀以漂亮至極的角度砍中了狂犬。

一個旋身過後，緊接著迴旋踢。

這招便是虛刀流——「梅」！

「唔，嗚，呃……」

腳下是雪地，狂犬自然難以支持。其實此時別勉力支持，反而是正確的抉擇。狂犬承受不住，在雪地之上摔了個狗吃屎。

七花心知自己料得不錯，姑且不再追擊，再次拉開距離。

咎女目瞪口呆地看著他們倆交戰，甚至懷疑起自己的眼睛。七花一度敗在粉雪手下，現在又斷了左臂；而對手多了記憶得來的經驗，招式動作更加老練，照理說條件應比上回落敗之時更為不利才是，但七花卻輕鬆踢中了狂犬。

「梅」與上回的「堇」不同，結結實實地打中了狂犬——粉雪的身體。

「這、這是怎麼回事……？七花。」

先前令七花不許傷害粉雪，是道如此沉重的枷鎖麼？不，感覺上並非如此。方才那招「梅」，倒像是七花手下留情——

「該怎麼說呢……理由我也不大明白，她一附到粉雪身上，我便看得出她的動作啦！」七花說道。「四天前較量時，我完全看不出粉雪的招式，不過現在卻看得一清二楚。」

「……………啊！」

七花的描述既笨拙又含糊不清，是以狂犬並未馬上意會過來，然而咎女卻立時領悟了。

不錯，那天七花落敗的原因，並不在於粉雪的力氣。

不，粉雪的天生神力自然是敗因之一，卻非最重要的因素。

七花真正的敗因，便在於粉雪不懂半點兒武功。

招式。

路數。

法度。

說得更為粗略一些，便是戰法與戰略——交手之時的基本套路。

對手出此招，我便回以彼招；對手施彼招，我便以此招擋架；對手接了此招，我便以彼招追擊；對手閃避，我便後退——這招成功了便用那招追擊，那招失敗了便改用這招進攻——人與人比武打鬥之時，使用的套路其實並不多。

進招、接招、格擋、閃避，總不出這些範圍；因此有用的套路便會一再演練，去蕪存菁之後，保留下來的就更加有限了。

這些套路代代流傳，廣為使用。

封閉於孤島上二十年，漸從歷史消失的虛刀流也不能例外。虛刀流亦有固定的套路，與其他門派大同小異。

無論是劍客、拳法家、忍者或其他，只要是熟習武藝之人，便無法擺脫這些套路。因此比武打鬥之時，便得探對手的路數，推測對手的下一招、下兩招、下三招，並想好應對之策。套路是固定的，要猜測並不困難；不過對手也會探我方的路數，是以打法便更加多樣化。牽制、變招、再變招——一流的高手便是在有意或無意之間如此過招。

七花實戰經驗無多，卻能在回回激戰之中活下來，便是因為這些套路早在二十年來練武之際牢牢地烙印於他的心裡。

比如宇練銀閣，便是堅持拔刀術的套路；而七花對上宇練時，則是以第七式「杜若」變化而成的靈動步法探出對手的路數，取得勝利。

七花掌握了對手的路數，所以成了贏家。

不過，探路數對於某些對手並不管用，甚至會造成反效果；這次碰上的粉雪便是這樣的對手。

粉雪天生神力，令七花估算錯誤。

七花竟然去探一個不懂招式、套路之人的路數。仔細一想，這真是毫無意義的行為；妄自猜測對手招數，琢磨對手心思，最後落得自取滅亡。

練家子是猜不透門外漢的招數的。

一口氣攻上前來，卻錯估距離，揮了個空；猛然伏地，閃避七花的腳刀；挨了摔技，自己卻先跌倒；最後甚至硬生生地改變刀的軌跡——

全都是因為粉雪是個門外漢。

七花猜不出粉雪的路數。她的路數不在七花所學的套路之中。

粉雪的路數在一般比武裡並不會出現，等於是種未知的戰法。

虛刀流乃是以劍客為假想敵的門派，忍者、山賊或海賊尚可應付，但普通人卻不在範疇之中。

因此七花才探不出粉雪的路數，識不破她的行動。

鑢七花與凍空粉雪的實力差距甚大；正因為相距甚大，交起手來才像未咬合的齒輪一般格格不入。

然而，現在七花卻識破了對手的路數。

凍空粉雪的身體之中，裝著專事暗殺的練家子——真庭忍軍十二首領之一，真庭狂犬的記憶與知識；有了這數千人份的經驗，七花便看得透了。

如今的她，裝著各式各樣的套路；因此七花的心眼便看得一清二楚，一覽無遺。

門外漢變成了練家子，齒輪也跟著緊緊咬合了。

「…………嗚，啊，啊啊啊！」狂犬雖慢了半拍，卻也察覺了此事。她搜索粉雪的記憶，明白了粉雪是如何勝過七花。

不錯。冷靜下來一想，狂犬也是因為同樣的理由才栽在粉雪手上。她原想仗著速度戲弄粉雪，卻敗在粉雪的天生神力之下。粉雪與狂犬交手，亦如未咬合的齒輪一般！

然而，察覺又能如何？她無計可施。

天下間最難的事，便是要一個練家子去模仿門外漢。套路不是用腦記，而是靠身體力行；即便刻意去學門外漢，身體仍會不由自主地自行反應——這個門外漢的軀體，竟也會自行反應！

讓狂犬驚愕的還有一事。

狂犬用的套路，乃是根據數千人的記憶及經驗而來，並以凍空粉雪的天生神力施展，但七花卻能應付自如。

狂犬一倒地，便明白七花施展「梅」時是刻意手下留情；當時七花大可折斷狂犬的頸骨。

端詳仔細以後再出招？

在生死決戰之中，他竟有這等餘裕！

「…………………………！」

過去在不承島上，七花曾與同屬真庭獸組的真庭忍軍十二首領之一——真庭蝙蝠交手，而實力不如蝙蝠的七花取得了勝利。

這回的情況雖然相似，卻正好相反，意思截然不同。由於實力差距太大，七花敗給了凍空粉雪；而由於實力差距縮小，七花卻大勝真庭狂犬！

七花的顧慮全是杞人之憂，左臂的傷勢根本不成問題。

踏上集刀之旅的這半年來，「二十回不到」的實戰經驗讓七花的武藝更為精進，足以與真庭忍軍十二首領抗衡。

「嗚，嗚嗚嗚……」

「…………？」

真庭狂犬雖是個情感起伏劇烈之人，但好歹是個忍者；她瞪著還糊里糊塗的七花，心知自己的忍法已敵不過這名不使刀劍的劍客。

「嗚，嗚嗚嗚嗚！」

狂犬低吼，轉向了咎女。

咎女冷冷地望著狂犬，先發制人。

「七花。」咎女無視於狂犬的存在，隔著她的腦袋對七花說道：「我再加一道命令。若是這個婆娘附了我的身，爾便立刻殺了我，不得遲疑，手段越殘酷越好。」

「遵命。」

七花一如往常，立即答應。

狂犬正在暗自測量自己與咎女之間的距離，聽了這話不禁咬牙切齒。咎女又落井下石。

「別以為人質對刀管用。順道一提，我可是弱如紙門，連跌個跤都會摔死。若是被兔子攻擊，我有必敗的自信。」

「……嗚！」

「換作是我，我會賭上萬分之一的勝算，繼續用那副軀殼和七花打下去……也罷，我沒義務去忠告一個背叛在先又背棄同盟在後的敗類。妳想附身，便儘管來吧！」

「——不過屆時只怕妳已被大卸八塊。」

七花緊接著咎女之後如此說道，擺出了起手式。

那是虛刀流第五式——「夜顏」。

七花打開雙足，與肩齊寬，雙手則成掌形，手肘交疊，置於胸前，身子微微前傾——這是為了適應雪地而用的起手式，攻擊的意味更勝於誘敵。

「嗚，嗚啊啊啊啊啊啊啊啊啊！少說大話啦！殺了我的弟兄，殺了我的弟兄，還敢大放厥辭！你這隻……走狗！」

狂犬強打精神，站了起來。

「雙刀之犬！」

真庭狂犬不顧一切地撲向七花。

天下間最重的刀，雙刀「鎚」，乃是把粗糙簡陋的石刀。

由於此刀上下不分，兩端皆可為刃，因此冠上了「雙」字為名；反過來說，亦可以刀柄攻擊。狂犬倒過刀來，雙手持刀，以柄向著對手，在極近距離之下一陣亂打。

然而這亦是套路的一種。這種照本宣科的熟套，乃是可以預測的。

半年前的七花或許不然，但現在的七花已能充分應付。

七花使出了第五式變化而成的第五絕招——這招速度不快，因此他之前不敢用來對付粉雪。不過——

「虛刀流——『飛花落葉』！」

七花的雙掌同時擊出，分從左右往狂犬——粉雪的嬌小肩膀砸下。此時七花用的並非手刀，而是掌心！

來自左右的肉掌震動了她的全身——

■ ■

飛花落葉。

這記由第五式「夜顏」變化而成的絕招，與上個月七花對上鎧海賊團船長校倉必時使出的絕招——由第四式「朝顏」變化而成的「柳綠花紅」互為表裡。第四絕招「柳綠花紅」乃是令勁力由外穿透至內，不損及外側而破壞內側的穿甲招式；但第五絕招「飛花落葉」卻是不傷及內側而破壞外側的破甲招式。

在虛刀流，這招又稱為擊鞘。

七花以一對肉掌同時擊打粉雪的左右肩頭，使掌力傳至全身表面，震動粉雪的身軀；說得淺顯一點兒，便是讓勁力流動於體表之上。當然，此招亦不負絕招之名，若是使足了力，便能與其他六式絕招一樣，立時擊斃敵手；不過若是善加斟酌，便能一擊（正確說來是兩擊）而將勁力傳遍全身表面，令敵手昏厥過去。這可說是虛刀流的七式絕招之中，唯一帶有牽制效果的招式。

七花施展此招時刻意減輕了力道，但他的目的並非牽制。

不傷及內側而破壞外側，讓勁力流動於體表之上——換句話說，此招能攻擊全身的每一寸皮膚！

「……刺青……」咎女看著仰臥在地的真庭狂犬，說道：「刺青漸漸消失了！」

真庭狂犬的印記——從化為爛泥的前一個軀殼移到粉雪身上的刺青漸漸變淡，最後終於化為烏有，消失無蹤。

然而，消失的只有真庭狂犬——創立真庭里的忍者之一，曾附身在數千副軀殼之上，活了數百年的幽魂真庭狂犬。

凍空粉雪的身體仍留在原地。

「七花……這是……？」

「哦！我想如果只攻擊刺青，或許不用殺了粉雪，也能解決狂犬——」

少女臉上的凶戾之氣漸漸除去，變得安詳平和，恢復成十歲孩童純真無垢、天真爛漫的睡容。

附在粉雪身上的陰魂已然散去。

「——不過也是我心有餘力才能這麼做。假如對手是粉雪，我猜不出路數，便使不出這個絕招了。『飛花落葉』本來就是個綁手綁腳的招式，我又負傷在身，沒什麼把握……幸好成功啦！咱們還得請粉雪幫忙把雙刀『鎚』運回尾張，是吧？」

「……嗯。」

咎女微微點頭。

「說得不錯。做得好，七花。」

咎女嘴上稱讚七花，心中卻是五味雜陳。

七花的決定是正確的。能夠留下凍空粉雪的身體，只除去真庭狂犬的幽魂，自然是再好不過。當然，沒人能保證「飛花落葉」能夠只除去真庭狂犬，因此這回可說是極為僥倖。

然而問題並不在此。

咎女命令她的刀「殺了粉雪」。

可是七花卻抗命，未殺凍空粉雪。

在長達半年的旅途之中，這是七花頭一次違背咎女的命令。

他自作主張，決定不殺粉雪。

刀居然有了自己的主意。

……當然，他這麼做並非出於人情，只是因為心裡還惦念著咎女先前下達的命令——得請粉雪幫忙將雙刀「鎚」運回尾張。

若是「飛花落葉」未能如七花之意除去真庭狂犬，想必七花便會毫不容情地將真庭狂犬連同凍空粉雪一併解決。

如此而已。

不過，這是第二個人了。

繼上個月的校倉必之後，這是第二個未被七花趕盡殺絕的完成形變體刀之主。只不過校倉必之時，乃是咎女下的命令。

這回正好相反。

「…………」

虛刀流是一把日本刀，卻也是一個人。

咎女早想促使七花體認這一點，促使他擺脫一把刀的立場，站在一個有血有肉之人的角度做好覺悟。咎女深信終有一天，七花將面臨少了覺悟便無法克服的局面。

然而一旦如願以償，咎女又心生不安。

別以為人質對刀管用——方才咎女如此呵斥真庭狂犬，但事實真是如此麼……？如果真庭狂犬放棄凍空粉雪的身體，轉而附身至咎女身上，七花真會依照命令殺了咎女麼？

他真能像回話時那般果斷，毫不遲疑地殺了咎女麼？

莫非這兩個月來我所費的一番心血，只是徒使刀刃滯鈍而已？莫非只是我這個主人無能，無法善用寶刀罷了？

「……嗟了。」

砰！

奇策士打了七花的側腹一拳。

她出拳極輕，無半分勁道。

七花轉向咎女。便在此時——

「看來是來晚了。」

山上傳來了這道聲音。

聞聲，咎女反射性地躲進了七花背後，而七花則挺身護住咎女，循聲觀看來者何人。

兩道人影出現於飛雪之中——不，是避著風雪而來。

他們身穿無袖忍裝，鎖鍊纏繞全身。

真庭忍軍！

其中一道人影，咎女與七花皆有印象；他便是上個月在薩摩照過面的真庭忍軍實質頭目——

「真庭忍軍十二首領之一——真庭鳳凰。」

「我是同為十二首領之一的真庭川獺。」

鳳凰身邊的忍者朝著咎女二人揮了揮手。見狀，七花背後的咎女怒不可遏地說道：「你們竟然還敢厚著臉皮出現在我面前？鳳凰、川獺！」

「別瞪人嘛！咎女妹子。也不想想咱們是一起做盡壞事的老交情了。」

川獺吊兒郎當地回答。

「住口！」

咎女怒喝。

對七花而言，真庭川獺與狂犬一樣，都是初次照面之人；然而咎女與狂犬雖是初會，與真庭川獺卻是早已相識，而且似乎有過節。

七花無奈地聳了聳肩。

與狂犬照面時，狂犬人已倒地，是以咎女尚能保持平靜；不過咎女一碰上真庭忍軍，往往便會失去冷靜。她面對同為背叛者的錆白兵時亦然……思及現在咎女對尾張幕府的所作所為，便可瞭解她睚眥必報的個性。

「從這個狀況來看——」

鳳凰說道。

他的視線似序由化為肉泥的真庭狂犬、倒在七花腳邊的凍空粉雪移至七花與咎女身上。

「似乎是落到了最壞的結果。狂犬被殺……刀未能奪得，而奇策士大人對吾等的敵意越來越深……看來吾等是信用掃地了。」

「你們有過信用麼？」

咎女說話完全不留情面。

「現在你們有何打算？奪這把雙刀『鎚』麼？這主意可不壞啊！眼下我的刀斷了左臂，又剛經歷過一場激戰；若是趁此機會圍攻，即便是你們這些三流忍者，也能有一丁點兒勝算。」

這番話當然是虛張聲勢。

雖然奇策士對真庭忍軍恨之入骨，卻未因此失了分寸。要同時對付真庭忍軍的兩個首領，對有傷在身的七花而言負擔太重。

不，若只有川獺一人，或許尚有辦法；問題在於鳳凰。

上個月他明明以手刀自斷左臂，但現在他卻是雙臂俱全。

神禽鳳凰——真庭鳳凰。

「別誤會，奇策士大人——吾與川獺乃是為了阻止狂犬而來。這回的事是狂犬一人自作主張，絕非真庭忍軍之意。」

「實際上是如何，可就難說了。」

「汝也知道真庭忍軍的忍者個個奔放不羈吧？其中尤以狂犬為甚，吾亦常為此傷透腦筋。」

「哼！但若是狂犬能殺了我們也好，對吧？」

「吾不否認——或該說正是如此。」

鳳凰說道。

「當然，這回的事全是吾等之過，奇策士大人若想毀盟，亦是人之常情。」

「什麼人之常情？無論我想不想，同盟已經破裂了。」

「快別這麼說。這回的事是吾督導不周所致，吾願負起全責。」

「負責？怎麼，你又要透露什麼貴重的情報麼？現在回想起來，先前的那些情報也不知有幾分可信——」

「川獺。」

「是。」

川獺無視於咎女的譏諷，往前踏了一步；他露出嘲弄的笑容，說道：

「咎女妹子啊！妳應該知道我的忍法吧？我的忍法——便是真庭忍法，記錄回溯。」

「……記錄回溯？」

聽了這陌生的字眼，七花歪了歪腦袋。

咎女補充說道。

「狂犬附了粉雪的身以後，不是能觀看她的記憶麼？川獺能對著沒有生命的物體行相同之事。石子、鐵塊、桌椅、房屋，甚或刀劍鎧甲，川獺皆能從中讀取該物體所持的記錄。換個簡單的說法，便是探魂法。」

「物品和人一樣也有靈魂的，虛刀流掌門。不過我也不是萬物皆能讀取；我和狂犬相反，無法看透人心。我這忍法很含蓄的。」

「天呀！」

七花不禁倒抽了口氣。

即便是蠢笨如七花，也能想像這個忍法用在蒐集四季崎記紀的變體刀之上有多麼管用。雖然川獺聲稱並非萬物皆能讀取，但只要能知道物品的來歷，便夠可怕了。

川獺說他與狂犬相反——在另一層意義之上，亦是完全相反。

倘若真庭狂犬是一縷幽魂，真庭川獺便是能看透幽魂的忍者！

沒想到真庭忍軍藏有這種祕密武器，難怪鳳凰與咎女結盟之時顯得游刃有餘——七花暗暗想道。

原來他們還有這張王牌。

……話說回來，鳳凰把這張王牌帶來此地，有何打算？

「莫非你要出借川獺的忍法，以謝背盟之罪？」

「汝希望如此？」

「哈！忍者說的話能信麼？鐵定是信口胡謅，敷衍了事。」

「吾知道汝定會這麼想，所以不那麼做。吾打算這麼做。」

真庭鳳凰的手動了。

他使出手刀——先前自斷左臂時用的手刀。

然而這回他的手刀卻是對準了真庭川獺的脖子。

「啊……！」

「………！」

咎女失聲尖叫，七花則又倒抽了一口氣。

鳳凰的手刀與刀同樣銳利，只見他揚手一揮，川獺的腦袋便飛到了半空中。意外的發展只到此為止，接著便是平凡無奇了。川獺的頭部依舊掛著冷笑，轉了兩、三圈後，跌落雪中；剩下的身體仍立在原地，血如泉湧，直到片刻之後，重心失衡，方才雙膝跪地，往前倒下。

「你……你！」

「真庭忍軍十二首領之一的性命。雖說只是忍者的一條命，但也絕非輕賤之物。」

鳳凰與上個月時一般，揚了揚染血的手刀，淡然說道。

「失去了真庭狂犬與真庭川獺，如今真庭忍軍十二首領包含吾在內只剩下四人；這麼一來，對奇策士大人而言，吾等便算不上可怕的對手了。既然沒了畏懼的理由，何不大人大量，寬恕吾等的背盟之過？」

「……你這樣還配稱為一軍的統率者麼！」

「汝太瞧得起吾了——真庭忍軍並無統率者。忍者活著，便是為了赴死。」

鳳凰語帶威嚇地繼續說道。

「如何？如今吾等已失去川獺的探魂法，若是奇策士大人仍有懼意，那也無可奈何，吾便在此陪兩位玩玩，看誰能奪得那個小丫頭手上的雙刀『鎚』。當然，吾拿不動這把天下間最重的刀；不過無妨，吾亦懷有替眾弟兄報仇之心——」

「——找就饒你一次！」咎女不等他說完，怒喝道。「這回的事我不追究，快從我眼前消失！別再讓我瞧見你那可憎的笑臉！」

「……真庭鳳凰在此謝過奇策士大人的寬宏大量。」

說著，鳳凰便扛起真庭川獺的身子，並拾起砍落的腦袋。

「對了……奇策士大人，先前吾所告知的情報……汝認為『不知有幾分可信』的情報已有變動，在此一併奉告。先前吾曾言死靈山、天童與江戶各有一把四季崎記紀的完成形變體刀，不過位於死靈山上的那一把已於數日之前易主。」

「什麼……易主？」

「當然，此事並非真庭忍軍所為；倒推時日，應該也非汝等所為……換句話說，除了你我以外，尚有人在集刀。」

真庭鳳凰以平板的語調說道，轉過身去。

「聽說新的主人在陸奧搭上了前往四國的船。否定姬之事亦然……奉勸汝最好趁早設法應變。畢竟那個新主人可是在半刻之內將同為一級災害區的死靈山化為廢墟的怪物啊！」

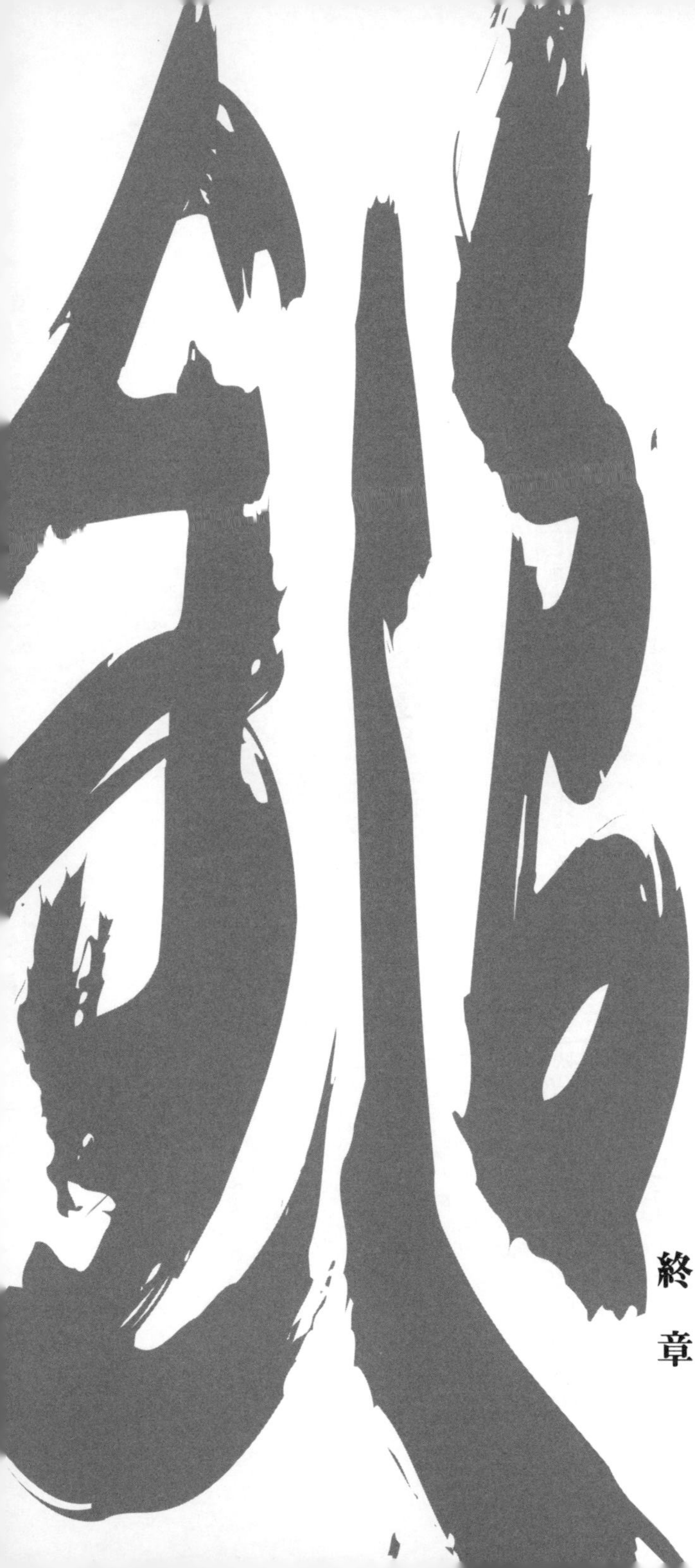

終章

■■

奇策士咎女直到一段時日之後，方才明白其中的理由；其實冰雪聰明如她，早該在這個月便察覺了。

凍空粉雪隻身回村搜找雙刀「鎚」的理由……反過來說，便是不願咎女與七花接近村子的理由——

事情乃是發生在一個月前。

粉雪告訴七花與咎女，雪崩埋葬了整個凍空村；然而試想，凍空村位於山頂，豈會被雪崩埋葬？

再者，即便粉雪知道雙刀「鎚」的大略位置，又如何在短短一夜之間從埋在雪裡的村莊之中挖出刀來？

粉雪是個純真無垢、天真爛漫且秉性純良的少女，但並不怎麼誠實。雙刀「鎚」的「資格」一事，便是她編造的謊言。

雪崩亦是謊言。

不過村莊全滅一事，卻非謊言，而是半分不假的實話。

事發當時，粉雪正好獨自離村散步去了；換句話說，其實粉雪也不明白村莊為何全滅。

不，凍空一族的任何人都不明白。

那名比雪崩來得更加突然的女子不由分說、不容抵抗，將凍空村破壞殆盡。

她視凍空一族的天生神力為無物，不分男女老幼，斬草除根，毫不容情。

無論是不懂武功的門外漢或是練家子，無一倖免。

宛若一把舞得虎虎生風的刀。

沒人知道發生了何事，只能任人宰割。

唯獨一件事，是清楚明白的；便是這名女子的目的。

四季崎記紀的完成形變體刀——雙刀「鎚」。

凍空一族以己為鞘，自戰國時代保護至今，連面對舊將軍時亦不肯獻出的刀。

那女子將刀鞘破壞殆盡之後，便拿起雙刀「鎚」——仗著她與凍空一族交手之後得來的神力——

「這把不行。」

女子說道。

說來教人驚訝，這女子居然挑剔起價值連城的完成形變體刀來了。

她為了這把刀滅了一村一族，卻又毫不留戀地丟下了刀。

「忍法足輕和這身神力都不能長時間使用……這把刀拿起來也不方便，模樣又難看，與我不相配。也罷，就把這把刀擱在顯眼的地方，留給七花來取吧！話說回來，幸虧他們全部一起上，收拾起來輕鬆多了。若是他們打車輪戰，我可就贏不了啦！但願下回也能這麼順手。」

女子若無其事地說道：「接著便到死靈山好了。我這個路痴到得了的地方，其實也不多啦！」說著，女子便離了山頂。

不久之後，回到村子的粉雪才目睹了族人的慘狀。

■　■

奇策士咎女原本打算在奪得雙刀「鎚」之後先回尾張一趟，可這回她又不得不改變計畫了。無論是真是假，既然收到了這種情報，咎女便得去追蹤那個「怪物」。

待凍空粉雪醒轉之後，奇策士咎女與虛刀流第七代掌門鑢七花便與她一道下山，離開了一級災害區——凍空一族的故鄉踊山。

當然，在下山之前，希望粉雪協助運刀的咎女與不願下山的粉雪又經歷了一場激烈的「談判」；至於「談判」的過程，在此便略過不提——因為所費時間太長，不得不省略。就旁觀者七花看來，咎女並未因對手是小孩而偷工減料，依然如平時一般口若懸河，滔滔不絕。反過來說，這代表奇策士乃是真心誠意地說服凍空粉雪。

其實若是咎女願意，用不著花這麼多時間也能說服粉雪。七花雖然這麼想，卻沒說出口。

咎女安頓粉雪的妙計說來簡單，便是將她送到出雲的三途神社。那兒是無家可歸的女子聚集之處，每個人都有不為人知的過去；粉雪的異能與她們相較之下，根本不值一提。而天生力大的粉雪，又可充當保鏢，保護敦賀迷彩死後的三途神社。

不愧是咎女，竟能想出這條一石三鳥之計。

不過石頭打下的其中一隻不是鳥，卻是隻兔子。

粉雪不懂三途神社是個什麼樣的地方，卻明白只要她去了那兒，便不會再感到寂寞。雖然費了不少工夫，咎女最後總算說動了粉雪——她相當樂意地接下送刀回尾張的任務。

「對不住，儂撒了謊。」

粉雪向兩人賠罪。

「不過，和咎女姊姊、七花哥哥度過的四天真的很開心。」

她說道。

至於另一個謊言，她依然保持沉默，就這麼在幕府官差的陪同之下，帶著雙刀「鎚」搭上了前往尾張的船。要拿另一個謊言來責怪她，未免太過苛刻。

雖然她打敗了日本第一高手鑢七花，但畢竟只是個十歲的孩子。

不想談論家人的屍體，亦是人之常情。

「……不知道還會不會見到她？」

在前往四國的船上——這回可沒搭錯，確實是往四國的船——七花對咎女漫不經心地問道。

雖然七花未說名字，但他指的當然是在港口分別的凍空粉雪。

「我心裡老覺得怪。」

「什麼？爾心癢難耐？」

咎女慌忙回道。

「莫、莫非爾性好女童……？爾愛那個小丫頭勝過我麼……慢、慢著，爾果然還在為這次的事生氣麼？爾對我有何不滿，但說無妨，我願意改。」

「……不不不，我是說心裡老覺得怪，不是心癢難耐。」

七花啼笑皆非地糾正咎女。

「妳瞧，我雖然贏了狂犬，可還是輸給粉雪啊！輸了倒好的道理我也懂，可誰教我後來又贏了狂犬呢？心裡難免覺得怪怪的——」

「哦……我不是說明過好幾遍了麼？那是粉雪不懂武功，歪打正著；正因為實力差距太大，才會有這種結果，爾無須掛懷。其實這根本算不上敗仗。」

「是嗎……我聽了好幾次，還是不大明白。」

「也罷，再怎麼說，爾輕敵亦是不爭的事實，肯反省是件好事。眼下別想太多，專心養傷吧！倘若真庭鳳凰所言不虛，下回便得和那個將一級災害區化為廢墟的怪物打呢！」

「我覺得是胡謅，天下間哪來這麼厲害的高手？光是錆白兵就夠嚇人的啦！我看又是忍者的謊言吧？」

「即便是，也得親眼證實過才行。」

「是嗎？那不用管那個朝廷的……什麼姬來著的了？」

「擔心自然是擔心……不過仔細想想，倘若我是那婆娘，即便有所企圖，也會先安分一陣子再說……那個惹人厭的婆娘八成在等我回去，讓她多著急幾天也好。」

「唔，看來那個什麼姬來著的是個不好應付的對手啊！也罷……別提這些了。既然這回要去四國，應該就能見識到舊將軍頒布獵刀令鑄成的刀大佛了吧？」

「爾可別當做是去遊山玩水。不過順道去看看刀大佛，倒也無妨……爾是該喘口氣，休息一下了。」

「這麼一提，不知刀大佛和雙刀『鎚』哪個重？雖說刀大佛是用十萬把刀鑄成的，可雙刀也不遜色啊……老實說，我有點兒擔心粉雪坐的船會不會沉呢！」
「所以我才叫了大型軍艦來，無須擔心……那可是尾張幕府引以自豪的軍艦，舊將軍時代還沒有呢！不會輕易沉船的。話說回來，爾從方才便不住口地提起粉雪，莫非真的變心了……？爾已有許久未將我的頭髮纏在身上，要不要回味回味？」
咎女當真擔心起來。
七花變心，對咎女而言可是攸關生死的問題，也難怪她如此憂慮。
「我不會變心的，我是妳的刀啊！」
「那就好……有勞爾啦！」
咎女一面狐疑地望著七花，一面苦笑。
「若爾真那麼想和粉雪一決勝負，等到把刀集齊之後再說吧！」
「……嗯。」
咎女說這番話，意不在保證七花集齊完成形變體刀之後的待遇，只是順口說說而已。
要在這番話裡找出深遠的含意，乃是白費心機。

虛刀流對咎女而言，終究只是復仇的對象。
這點七花也明白，不過——
這番話已足夠溫暖七花的心。
「我明白了，咎女。」
鑢七花是一把刀。
然而他的人性，卻在集刀之旅中日益滋長。

■　■

到了下個月——這一年的七月，虛刀流第七代掌門鑢七花將會斷為兩截。
斷的是刀身？是心？
又或是兩者皆斷？
決戰地便是劍客的最大聖地——土佐鞘走山，刀大佛坐鎮的清涼院護劍寺。
接連將兩個一級災害區化為廢墟的怪物——七花的親姊姊，鑢家家長鑢七實與七花之間的對決，已在七花不知不覺之間逼近眼前。七花先後與校倉必、凍空粉雪交手，體驗了兩次不殺變體刀主人而得勝的方法；然而在下一場對決之中，他將手刃親姊。

（雙刀・鎚——得手）

（第六話——完）

（第七話待續）

凍空粉雪

年齡	十一
職業	獵人
所屬	凍空一族
身分	村民
所有刀	雙刀『鎚』
身長	四尺二寸
體重	五十三斤
興趣	散步

必殺技一覽

狂犬發動	⇦⬃⇩⬂⇨斬突
雙刀之犬	⇧⬀⇨⬂⇩突

下回預告

交戰對手	鑢七實
蒐集對象	惡刀・鐚
決戰舞臺	土佐・護劍寺

後記

世上有種概念，叫做「失敗的重要性」；所謂失敗為成功之母，為了未來著想，失敗並非一件壞事。有句格言是這麼說的：成功不見得有理由，但失敗必然有其理由。換句話說，真想成功的話，與其參考成功者的經驗，不如去參考失敗者的經驗；我個人認為這是個頗為正確的看法。只要事先瞭解失敗的原因，便能擬定對策，加以避免；若能持續避開失敗，總有一天能通往成功的道路——簡單地說，便是這個道理。這個道理唯一的漏洞就是「不失敗」不等於「成功」（甚至該說不少「成功」是建立於「失敗」的代價之上），而在多數情況之下，多數人往往是「不想失敗」勝於「想成功」；不渴望成為平均以上，但絕不希望成為平均以下。總之關於這個問題，我唯一敢斷言的便是——失敗的確不是壞事，但也絕不是一件令人愉快的事；人即使經歷再多失敗也無法習慣，每次失敗都會受到傷害。當然，世上同時存在著另一個完全相反的概念——

「勝利的重要性」，不過「勝利」與「失敗」不同，是種會習慣的體驗。自滿與大意便是淺顯易懂的例子。說來可悲，人類基本上是種消極的生物，但若是因此將失敗當成目標來做事，可就是本末倒置了。不過世上也有不管勝利幾次，都會說「不、這還不算勝利」而繼續挑戰的怪物；所以說到底，人類還是不容小覷的。

本書為「刀語」的第六卷。「刀語」預計出版十二卷，本書正好到了一半。當然啦，是否真能十二卷完結還是個未知數；說不定會出到二十四卷，又說不定下一卷便是完結篇。這回的舞臺是北海道，所以我就讓奇策士咎女與虛刀流掌門鑢七花爬爬雪山了。竹所繪的雪景只有完美二字可以形容，讓我忍不住想把接下來的舞臺全都移到雪山去，不過下一個舞臺還是設在四國了。故事進入後半，情節將會越來越複雜，還請一路收看到現在的讀者們繼續收看到最後一刻。

還有六卷！

本書乃應十二個月連續刊行企畫『大河小說 2007』所寫下之作品。

浮文字
刀語　第六話　雙刀・鎚
（原名：刀語　第六話　双刀・鎚）

作者／西尾維新　插畫／take　譯者／王靜怡
執行長／陳君平　行銷發行人／黃鎮隆
協理／洪琇菁　國際版權／黃令歡
執行編輯／呂尚燁　美術編輯／李政儀
企劃宣傳／洪國瑋
發行／英屬蓋曼群島商家庭傳媒股份有限公司城邦分公司　尖端出版
台北市中山區民生東路二段一四一號十樓
電話：（〇二）二五〇〇－七六〇〇（代表號）
傳真：（〇二）二五〇〇－一九七九
中部以北經銷（含宜花東）／楨彥有限公司
電話：（〇二）八九一九－三三六九
傳真：（〇二）八九一四－五五二四
雲嘉經銷／智豐圖書股份有限公司　嘉義公司
電話：（〇五）二三三－三八五二
傳真：（〇五）二三三－三八六三
南部經銷／智豐圖書股份有限公司　高雄公司
電話：（〇七）三七三－〇〇七九
傳真：（〇七）三七三－〇〇八七
一代匯集／香港九龍旺角塘尾道六十四號龍駒企業大廈十樓B&D室
電話：（八五二）二七八三－八一〇二
傳真：（八五二）二七八二－一五二九
馬新經銷／城邦（馬新）出版集團　Cite(M)Sdn.Bhd.
E-mail：Cite@cite.com.my
法律顧問／王子文律師　元禾法律事務所
北市羅斯福路三段三十七號十五樓
二〇二二年九月二版一刷

KODANSHA BOX

■中文版■

郵購注意事項：
1. 填妥劃撥單資料：帳號：50003021戶名：英屬蓋曼群島商家庭傳媒(股)公司城邦分公司。2. 通信欄內註明訂購書名與冊數。3. 劃撥金額低於500元，請加附掛號郵資50元。如劃撥日起 10～14日，仍未收到書時，請洽劃撥組。劃撥專線TEL：(03) 312-4212 ・ FAX：(03) 322-4621。E-mail：marketing@spp.com.tw

國家圖書館出版品預行編目資料

刀語 / 西尾維新 著 ; 王靜怡譯. -- 2版.
--臺北市：尖端出版, 2022.09
面 ; 公分.--(浮文字)
譯自:**刀語**
ISBN 978-626-338-406-4 (第1冊 : 平裝)
ISBN 978-626-338-407-1 (第2冊 : 平裝)
ISBN 978-626-338-408-8 (第3冊 : 平裝)
ISBN 978-626-338-409-5 (第4冊 : 平裝)
ISBN 978-626-338-410-1 (第5冊 : 平裝)
ISBN 978-626-338-411-8 (第6冊 : 平裝)
ISBN 978-626-338-412-5 (第7冊 : 平裝)
ISBN 978-626-338-413-2 (第8冊 : 平裝)
ISBN 978-626-338-414-9 (第9冊 : 平裝)
ISBN 978-626-338-415-6 (第10冊 : 平裝)
ISBN 978-626-338-416-3 (第11冊 : 平裝)
ISBN 978-626-338-417-0 (第12冊 : 平裝)

861.57 111012170

西尾維新

第六話

雙刀・鎚

刀語

カタナガタリ